Cristina Carbonero

VIELFALT

ÜBER DAS BUCH

Machen Sie es sich mit einer Tasse Kaffee gemütlich. Tauchen Sie ab in die Berge der Anden sowie auf die Straßen Chiles. Vorbei an mystischen Herrenhäusern Englands bis hin zu einem entspannten Tag am Strand. Erleben Sie die endlose Weite des australischen Kontinents.

Auch geprägt von den Folgen einer Pandemie und der Kunst, den Tod frech an der Nase herumzuführen. Spüren Sie, wie wichtig es ist, die Liebe der Menschen um uns herum als Stütze zu erkennen und auch ihre Hilfe anzunehmen. Wandern Sie einige Jahre zurück, als sich Frauen nach dem Krieg allein durchschlagen mussten und ihr Leben gestohlen wurde. Gleiten Sie einfach wie ein Vogel an der Küste entlang und versuchen Ihren eigenen Schatten zu fangen.

Und haben Sie sich mal gefragt, wie der Tag im Leben eines Hundes verläuft? Oder was das Gemüse in Ihrem Kühlschrank beschäftigt?

Vielfalt – So facettenreich wie das Leben ist diese Sammlung an Kurzgeschichten.

Alle Figuren und Handlungen sind von der Autorin frei erfunden. Ähnlichkeiten zu realen Personen sind zufällig.

Cristina Carbonero

VIELFALT

– Kurzgeschichten –

So bunt wie das Leben

Bibliografische Information der Deutschen Nationalbibliothek:
Die Deutsche Nationalbibliothek verzeichnet diese Publikation in der
Deutschen Nationalbibliografie; detaillierte bibliografische Daten
sind im Internet über http://dnb.dnb.de abrufbar.

Motive und Umschlaggestaltung mit eigenem Bildmaterial.

Herstellung und Verlag: BoD – Books on Demand, Norderstedt

ISBN: 978-3-7568-8386-8

Für meine Lieblingsmenschen

- Meine Familie -

VIELFALT

ALLE KLARHEITEN BESEITIGT

Noch fix die Glasur drüber und fertig. Tanja platzierte den Kuchen gleich neben dem Schüsselchen mit Schlagsahne auf dem Tisch. Ihr bester Freund Mark liebte diese klebrige Leckerei.

Es klingelte Sturm an der Tür. Sie checkte die Uhrzeit auf der Küchenuhr und verdrehte die Augen. Dieser Typ ist echt nie pünktlich, dachte Tanja.

„Süße, du glaubst es nicht!" Mark tänzelte in ihren kleinen Flur und füllte mit seiner euphorischen Art ihre kuschlige Zweizimmerwohnung.

„Der Verkehr war der Horror, obwohl du pünktlich los gefahren bist?" Tanja legte ihm die Antwort mit hochgezogener Augenbraue in den Mund.

„Du kennst mich einfach zu gut." Mark nahm sie in den Arm und drückte ihr einen Kuss auf die Stirn. „Du meinst es wieder gut mit mir." Er zeigte auf die Schlagsahne. „Bitte denk an die neue Valentino-Hose!" Theatralisch streifte er über den edlen Stoff seiner neuesten Designererrungenschaft.

„Komm setz dich", sagte Tanja. „So wie du aussiehst, hast du was zu erzählen. Mach schon."

Sie goss Kaffee in die zwei Tassen ein. Es ist wie damals, dachte sie. Der Abend, als Mark sich Hals über Kopf in meinen Nachbarn Nico verknallt hatte. Stundenlang hat er mir die Ohren voll gejammert. Soll ich mich bei ihm melden oder lieber nicht? Was soll ich tun? Tanja, hilf mir! Es geht um Leben und Tod. Ach, er übertreibt immer so. Aber er ist der beste Freund, den ich mir wünschen kann.

„Du kennst doch den Designer Dave Richardson", sagte Mark über den Rand seiner Kaffeetasse.

„Ja sicher, du hast ihn mal flüchtig erwähnt." Tanja schob sich das erste Stück Kuchen in den Mund. Puh, da haben mir die Ohren geblutet. Die Kunst der Nahtverarbeitung in Perfektion! Faszinierend, wie sich jemand so begeistern kann. Tanja lehnte sich entspannt zurück und genoss ihre neueste Kalorienbombe.

„Ich soll seine neue Kollektion für eine Fotostrecke shooten!" Mark schrie die Neuigkeit hinaus.

„Toll", antwortete Tanja. Sie ahnte, dass die Geschichte noch weiterging. Daher hielt sie sich zurück.

„Mehr hast du nicht zu sagen?" Mark schlug eingeschnappt die Beine übereinander. „Hast du eine Ahnung, was das heißt? Meine Bilder werden in den großen Modemagazinen abgelichtet." Er konnte nur den Kopf schütteln.

„Süße, stell es dir so vor", fuhr er fort. „Die Bundesministerin für Bildung ernennt dich zur Lehrerin des Jahres und zeichnet dich für deine innovativen und methodischen Ideen aus." Mark schmunzelte. „Kam die Message an?" Er machte eine gedehnte Pause, tauchte das Kuchenstück auf der Gabel tief in die Schlagsahne.

„Richardson schickt mir zwei Outfits, die ich ihm an einem Lost Place in Szene setzen soll." Mark versuchte sie zu provozieren: Sie kommt nicht drauf, jede Wette. So oft steht sie auf dem Schlauch. Wie sie damals noch dachte, ich sei in sie verliebt. Dabei hatte ich nur Augen für ihren heißen Nachbarn Nico. Mit seinen muskulösen Armen und den charmanten Grübchen war er zum Dahinschmelzen. Und die liebe Tanja? Hatte rein gar nichts kapiert.

„Toll, wirklich! Ich freue mich für dich. Wer ist dein Model?", fragte Tanja mit vollem Mund.

„Du!"

Tanja verschluckte sich und griff hastig zur Kaffeetasse. „Ich? Bitte fang nicht wieder mit dem Du-hast-so-ein-markantes-Gesicht-Ding an."

„Keine Widerrede! Wenn du nicht mein Model bist, dann ruinierst du meine Karriere!" Beleidigt verschränkte er seine Arme vor der Brust und legte demonstrativ seine Kuchengabel auf den Teller.

„Das ist nicht fair", jammerte Tanja. „Kann ich dir nicht anders helfen? Ich backe Cupcakes für das Shooting. Die magst du doch so gerne."

„Hm, und wenn meine Haare nicht sitzen, leckst du deine Finger an und richtest mir die Matte?!" Mark ließ sein Gesicht in die Hände fallen. Warum kapiert sie nicht, dass sie viel mehr ist als die spießige Lehrerin? Sie kann so viel aus sich machen, das hübsche Ding.

„Bitte, tu mir das nicht an!" Tanjas Augen flehten ihn an.

„Antun? Weißt du, wie viele Mädchen sich um so eine Chance reißen würden?" Mist, das hatte ich mir einfacher vorgestellt, dachte Mark.

„Dann nimm eine von denen, bevor die sich zerreißen. Wäre schade um die attraktiven Püppchen." Mark beobachtete, wie Tanja in die Rückenlehne ihres Stuhls sank und dabei ihre Kaffeetasse wie einen rettenden Anker umklammerte. Jetzt tut sie mir fast leid, dachte er. Ich muss das anders angehen.

„Wie wär's mit einem Deal?", fragte Mark.

Unsicher schaute Tanja von ihrer Kaffeetasse auf. Was kommt denn jetzt, dachte sie. Ich habe keine Lust auf Deals oder irgendwelche Shootings. Warum kapiert er das nicht?

„In zwei Wochen ist das Sommerfest bei euch an der Schule."

Zugehört hatte er. Und? Tanja wartete ab.

„Wie wäre es, wenn ich dich dorthin begleite? Dann kannst du dich mit deinem heißen schwulen Freund schmücken." Mark machte eine präsentierende Bewegung auf sich selbst. „Und der hinterwäldlerische Biolehrer wird sich ärgern, nicht dein Date zu sein."

Oh nein, jetzt auch noch eine Verkupplungsaktion. „Was soll das bringen? Meinst du, er wird dann eifersüchtig?" Tanja setzte ihr Ich-lasse-mich-nicht-so-leicht-überreden-Gesicht auf.

„Ich weiß, dass du immer noch auf ihn stehst." Mark zwinkerte sie an.

Tanja wippte nervös mit ihrem Fuß. Ja, ich stehe noch auf den Typen. Aber ich möchte mich auch nicht komplett blamieren. Ich glaube kaum, dass mein schwuler bester Freund mir eine Hilfe in diesem Fall sein kann. Tanja rieb sich die Stirn.

„Ich glaube, wir brauchen Trish und Louis." Tanja schaute Mark herausfordernd an.

Ein kurzer Moment der Stille und ein tiefer Blickwechsel folgten. Mark klatschte begeistert in die Hände.

„Na endlich, das Baby hier taut auf", lachte er. Mark hielt ihr seinen Handrücken hin.

„So mit Sicherheit nicht. Ich zieh da keine Travestieshow ab." Tanja deutete auf Marks Hand. „Wir müssen schon die Rollen tauschen, nicht so wie im *dreamy*."

Tanjas erster Abend in der Travestiebar *dreamy* vor zwei Jahren, war der pure Kulturschock. Mark hatte sie in diese schrille Welt eingeführt. Mal jemand anderes sein, das ist toll, hatte Tanja verträumt gedacht. Ihre gemeinsamen Auftritte als Trish und Louis, wurden zu ihren wöchentlichen Highlights. Tanja, die den Louis gab, genoss die Rolle des durchgeknallten Möchtegern Rockstars, der seine Trish trotz ihres geringen IQs liebte.

„Ok Chica, dann leg mal los. Zeig mir, was du in den letzten Monaten gelernt hast. Zeig mal dein wahres Ich!" Mark pfiff mit seinen Fingern und feuerte seine Freundin an.

Tanja lief mit schwingenden Hüften in der Küche auf und ab, drehte sich im Kreis und strahlte.

„Oh Frau Lehrerin, Sie haben ja sogar Hüften, die sich bewegen können. Wo waren die denn die letzten Jahre?" Mark grölte begeistert.

Mit verführerischem Blick wandte sie sich auf dem Küchenstuhl und warf ihre langen Haare in den Nacken.

„Yes Baby!" Mark war aus dem Häuschen.

Nach einer kurzen und zielgerichteten Drehung landete Tanja auf seinem Schoß.

„So mein Freund, da du mir schon hechelnd zu Boden liegst und deine Unterstützung, sagen wir mal, ganz passabel war, tue ich dir den Gefallen." Tanja tätschelte ihm die Schulter.

„Welchen Gefallen?"

„Du kannst mich in die Klamotten von deinem Designer stecken und vor die Kamera stellen."

Marks Mimik hellte sich blitzschnell auf.

„Du bist die Beste!" Er sprang mit Tanja auf dem Arm vom Stuhl hoch. „Super, dann gehe ich mal direkt in die Planung. Für das Make-up rufe ich Chan...", weiter kam er nicht. Tanja legte ihm die Hand auf den Mund, während sie wieder festen Boden unter den Füßen bekam und Mark sie absetzte.

„Eine Bedingung habe ich." Mark schaute sie aufgeregt an. „Ich mach das nur ohne diese aufgeblasene Tussi Chantal. Das Make-up mache ich selbst."

Sie löste ihre Hand von seinem Mund und konnte in Zeitlupe sehen, wie Marks Mundwinkel herunterfielen. Oh man, wenn er sein Gesicht sehen könnte. Aber dieses billige Zukleistern jeder einzelnen Pore meiner Haut, lasse ich nicht nochmal über mich ergehen.

„Klar" sagte er leise. Sank langsam auf seinen Stuhl zurück. Tanja setzte sich triumphierend ihm gegenüber.

„Abgemacht! Noch ein Stück Kuchen für dich?" Die Schüssel mit der Schlagsahne leerte Mark mit einem Mal.

FAMILIE NERVT

„Wann sind wir da?" Idas schrille Stimme pfiff in Lenas rechtes Ohr.

„Ich kann das Meer schon sehen", rief Theo aufgeregt zu ihrer Linken.

Oh Gott, und jetzt kommt Mamas peinlicher Schlachtruf, dachte Lena. Sie wappnete sich für den euphorischen Worst Case, drückte die Kopfhörer fester in die Ohren und sank tief in ihren Kapuzenpulli.

Das Ortsschild wurde sichtbar und Lena schloss die Augen.

„Hallo Zoutelande, hier kommt die Kellerbande!", schrien alle gleichzeitig.

Geschafft!

„Du hast nicht mitgemacht."

Lena sah in traurige, blaue Kulleraugen. „Sorry", sagte sie zu ihrer kleinen Schwester.

„Das ist ihr peinlich", sagte Idas Zwillingsbruder Theo und lachte.

Ihr Würmer, dachte Lena genervt.

„Schluss dahinten!", sagte Mama.

Papa parkte das Auto und zwinkerte Lena im Rückspiegel zu.

Lena beobachtete ihre Geschwister rechts und links, die mit viel Gekicher und noch viel mehr Gezappel ihr Spielzeug im Auto zusammenkramten. Zum Glück hat das Geld vom Geburtstag noch für ein neues Outfit gereicht, dachte sie. Die Shorts kneifen zwar bei jedem Schritt, aber sie passen super zum Kapuzenpulli. Wenigstens sehe ich cool aus, wenn ich das Schlauchboot durch den Sand ziehe.

Sie ließ das gelbe Ungetüm ab, welches im Inneren mit Sonnenschirm, Handtücher und diversen Schaufeln gefüllt war. Trotzdem schön, endlich hier zu sein, dachte sie einen kurzen Moment. Es roch nach Salz, Sonnencreme, Sommer und schöner Kindheit.

Sie breitete ihr Handtuch aus, als ein Ball sie am Rücken traf. „Au!" Sie sah einen Beachvolleyball im Sand liegen.

„Welcher Idiot war das denn?", motzte sie vor sich hin.

Ein großer Junge mit kurzen Locken kam auf sie zugelaufen.

Lenas Herz machte einen Satz. Oh, wie süß, wäre ihr beinah entfahren. Zögerlich stand sie auf.

„Hi, Sorry! Hast du dir wehgetan?", fragte der Junge.

„Ja, also nein. Hab gar nichts gemerkt", log sie und versuchte den Ball lässig von einer in die andere Hand zu werfen. Er fiel runter. Peinlich! Super Lena! Jetzt blamierst du dich schon selbst! Oh nein… jetzt werd ich auch noch knallrot.

Der Junge nickte. „Hast es wohl nicht so mit Bällen?"
Er hielt sich eine Hand schützend gegen die blendende
Sonne über die Augen.

„Doch. Nein", stammelte sie. „Eher so: Ball am Fuß."
Geschickt nahm sie den Ball mit dem Fuß aus dem Sand
hoch und balancierte ihn auf dem Spann.

„Cool", zeigte der Junge sich beeindruckt. „Ich bin
David." Er hielt ihr eine Hand hin.

„Lena." Unsicher griff sie zu. Shit, jetzt merkt er auch
meine schwitzigen Hände!

„Hast du Lust, bei uns mitzuspielen?" David machte
eine Kopfbewegung in Richtung eines Volleyballfeldes.

„OK?" Lena drehte sich zu ihrem Vater. „Darf ich
Beachvolleyball spielen?", fragte sie.

Papa schaute von seiner Zeitung auf, nickte, hob die
Sonnenbrille und zwinkerte ihr zu.

Noch schnell den neuen Pulli retten, dachte Lena, bevor der dreckig wird. Oh ne, dann sehen alle, wie ich
mich aus dem Pulli quälen muss!

Willi schaute seiner Ältesten hinterher. Großartig,
dachte er. Ein großartiges Mädchen ist sie geworden.
Ebenso tollpatschig wie ihre Mutter damals. Wie ein
Blitzeinschlag war Ellen in sein Leben gepoltert. Willi
beobachtete seine Frau, die mit den kleinen Energiebün-
deln am Wasser tollte.

Wieder versunken in einen Zeitungsartikel hörte er
nicht, wie die Zwillinge auf ihn zu sausten. Ohne Vorwarnung stürzten sie sich auf ihn.

„Papa, das Wasser ist gar nicht kalt", rief Theo aufgeregt. „Schwimmen wir ganz weit raus?"

„Ich will mit!" Ida klammerte sich um Willis Hals, während Theo versuchte seiner Schwester den Platz streitig zu machen.

„Nein, du bist ein Mädchen. Rausschwimmen ist nur für Männer!", sagte der Kleine entschieden.

„Du bist kein Mann." Ida lachte. Bei ihrem glucksigen Lachen musste Willi auch lachen.

Theo verzog sein Gesicht zu einem Schmollmund.

„Ich schwimme mit euch beiden so weit raus, wie wir können, ok?"

„Schmiedet ihr Pläne?", fragte Ellen, als sie sich neben Willi auf die Strandmatte setzte.

Willi gab ihr einen Kuss auf die Schulter. „Es geht nichts ohne eine gute Planung", flüsterte er ihr ins Ohr.

„Wie gut, dass wir Kinder bekommen haben. Die sind besonders hilfreich bei einer guten Planung." Ellen lachte und zeigte auf das Schlauchboot. „Wo ist Lena?"

„Spielt Volleyball. Da kam eben ein hübscher Jüngling, unsere Tochter ist mitgegangen." Willi zeigte auf das Spielfeld.

„Nicht zu fassen. So schnell flügge!"

„Das sagt die Richtige. Du hast bestimmt auch mit dreizehn die Jungs schon um den Finger gewickelt." Willi schaute seine Frau aus dem Augenwinkel an.

„Stimmt." Ellen schmunzelte. „Mit dreizehn jedenfalls war ich ungeschickt wie Lena." Sie machte eine Pause. „Ok, ungeschickt bin ich heute noch."

Willi lachte und sah zu Lena hinüber, die mit staksigen Bewegungen einem Ball hinterherlief.

„Warum ist Lena weg?", fragte Theo. „Sie muss mit uns eine Burg bauen!"

Wie auf Kommando flitzte Ida los und Theo eilte seiner Schwester hinterher.

„Du oder ich?", stöhnte Willi.

„Du!", sagte Ellen bestimmt, „bist weniger peinlich für unsere Große."

Ida war schon angekommen und ließ ihrem losen Mundwerk freien Lauf.

„Lena, hast du nicht gehört, du musst eine Burg bauen!", schrie sie über das Spielfeld.

Willi sah, wie sich alle Köpfe zu Lena drehten. Die versinkt gerade im Erdboden, dachte er.

Mist. Er sah den fragenden Blick seiner Tochter.

„Schon gut, wir fangen ohne dich an." Willi griff nach Theos Kapuze, Ida holte tief Luft.

„Lena ist verknallt!", rief sie aus Leibeskräften.

Alle schwiegen.

„Deine kleine Schwester?", fragte David nach einer Weile.

Lena lächelte. „Ja." Sie warf ihm den Ball zu. „Also, ich muss dann mal."

He, spacko Abgang, Lena. Klasse. Kann ich nicht einmal cooler reagieren? Ein lockerer Spruch wäre mein Preis gewesen. Lena beschleunigte ihren Schritt.

„Warte!", rief David.

Lena blieb stehen und grub ihre Füße tief in den Sand.

Ida kam angerannt und zerrte an ihrer Hand. „Los, Sandburg bauen."

Irgendein lockerer Spruch, hämmerte es Lena durch den Kopf.

Nun kam auch Theo angestürmt. Sie nahm ihn hoch und schaute immer noch David an.

„He, sind ja Zwillinge!"

Na, das war jetzt auch kein lockerer Spruch von ihm. Sie musste grinsen.

„Man sieht sich!" Lena manövrierte die Zwillinge durch die Strandkörbe und Handtücher.

Der Wassergraben rings um die Burg füllte sich bereits, die Zwillinge waren auf der Suche nach Muscheln für die Deko der Burg. Lena hielt außer Puste inne. Huch, doch, das Burgenbauen war echt schön gewesen. Fast wie damals, als Mama und Papa noch … da sah sie David vor sich stehen. Mit einem kleinen Kind an der Hand. Brüderchen? Ihr Herz klopfte. Sie grinste unsicher.

„Der wird sauer, wenn er nicht mitmachen darf", erklärte David und schon nahm der kleine Mann ihr die Schippe aus der Hand.

„Ja klar, super!" Lenas Achterbahn der Gefühle nahm volle Fahrt auf. Sie lachte David an. „Hast ja Recht." Idiotisch, schimpfte sie sich. „Ich, ich meine, Familie nervt, aber ohne ist es auch langweilig!"

„Ne, ja stimmt schon", sagte er und dann lachten sie beide lange und laut.

GRÜEZI PAULA

Frisch gefallener Schnee ist einfach wunderbar, locker und pulvrig. Ich rieb meinen Rücken in das kühle Nass und streckte alle Viere in die Luft. Los, kraul mich. Ich winselte und mein Herrchen Arthur kam meiner Aufforderung nach.

„Paula, gutes Mädchen", sagte er und schaute in die Ferne. Er war angespannt, das spürte ich.

Mein Hundeleben könnte nicht schöner sein. Ich schüttelte den Schnee ab, legte mich auf die Terrasse und ließ mich in der Sonne trocknen. Irgendwas lag jedoch in der Luft. Müde döste ich über diesen Gedanken ein.

Wildes Hupen weckte mich unsanft. Träge hob ich eine Augenbraue und beobachtete Arthur, wie er wild gestikulierend mit Bruno sprach. Ich legte mir meine linke Pfote quer über die Augen. Ich bin nicht hier, dachte ich. Bitte keine Übung an diesem herrlichen Tag.

Arthur und Bruno arbeiteten bei der Bergwacht. Wenn beide in dieser hektischen Lautstärke miteinander sprachen, hieß das für mich nichts Gutes. Als junger Berner Sennenhund bin ich der geborene Lebensretter. Allerdings steht das in der Beschreibung meiner Gattung und weniger auf der Liste meiner persönlichen Interessen und Fähigkeiten.

„Paula, komm wir müssen los!" Arthur pfiff laut und lief ins Haus, um seine Ausrüstung zu holen. Langsam trottete ich auf Brunos Jeep zu und weigerte mich auf die Rücksitzbank zu springen. Arthur kniete sich neben mich.

„Ich weiß, du warst bei einer Bergung noch nie dabei, aber du kannst das." Er streichelte meinen Hals. „Du bist nicht allein. Hektor und all die anderen Hunde sind auch dabei."

Auch das noch, dachte ich. Dieser aufgeblasene Lebensretter konnte mir gestohlen bleiben. Ich bellte. „Ein kleines Mädchen ist von einer Lawine verschüttet worden. Komm, die Kleine müssen wir rausholen!"

Ok, da war mein Beschützerinstinkt wach. Die kleinen Mädchen mag ich gerne, die kraulen mich immer so schön. Ich sprang in den Jeep.

Als wir an der Talstation des Grindelwalder Skigebiets ankamen, herrschte reges Treiben. Hektor, der Anführer der Rettungshunde, schaute mich abfällig an.

„Schaut mal, die kleine Prinzessin Paula traut sich aus ihrer Hundehütte hervor!" Die anderen Hunde stimmten mit einem Jaulen ein.

Bruno pfiff sie zur Ruhe. Hektor knurrte mich leise an und führte die Gruppe der vierbeinigen Helfer in Richtung der bereitgestellten Motorschlitten. Ich blieb an Arthurs Seite und sprang in den Anhänger des Schneemobils. Hektor folgte Bruno.

Wir steuerten eine steile Skipiste hinauf. Hinter bunten Bändern standen viele Menschen und hielten eckige Dinger in die Luft. Komisch, was Menschen manchmal machten. Ich genoss währenddessen, wie meine Ohren im Fahrtwind flatterten. Arthur und Bruno lenkten die Motorschlitten an ein angrenzendes Waldstück.

„Von hier müssen wir zu Fuß weiter", sagte Arthur.

Die beiden Männer machten allerhand Sachen: Verknoteten ein Seil, hatten plötzlich große flache Dinger an den Füßen und sprachen mit einem Gerät, was die ganze Zeit rauschte.

„Halt dich im Hintergrund, du Anfängerin!", knurrte Hektor.

„Dann zeig mal, was du kannst!", entgegnete ich. Bruno und Hektor gingen voran, Arthur und ich folgten. Sofort begann ich eine Fährte zu suchen. Ich schnüffelte wie Hektor den Boden ab und sog jeden Geruch um mich herum ein.

Plötzlich blieb Bruno stehen. „Stopp, nicht bewegen!"

Ich konnte nichts erschnüffeln. Arthur hielt mich fest. Hektor war unruhig und ging weiter. Die Stille wurde von einem kräftigen Ruck unterbrochen. Hektor verlor sein Gleichgewicht und die Schneedecke unter ihm gab nach.

Dann ging alles so schnell. Hektor war kurz in einem Loch verschwunden, Bruno zog ihn schnell aus dem Schnee wieder hoch, während mein Herrchen ihn mit dem Seil festhielt. Dann lagen Bruno und Hektor am Boden. Ich wollte mich auch im Schnee wälzen, wedelte bereits mit dem Schwanz, doch Arthur hielt mich zurück.

„Mist, ich kann meinen Arm nicht bewegen!" Bruno wurde rot im Gesicht. Ich glaube er schimpfte. „Hektor, was sollte das gerade?" Hektor senkte den Kopf. Fast tat er mir ein bisschen leid.

„Ihr müsst allein weiter gehen", sagte Bruno. „Uns läuft die Zeit weg, das Mädchen lebend zu bergen."

Arthur und Bruno lösten das Seil. Hektor schlich, ohne den Blick hochzunehmen, an mir vorbei.

„Ich gebe mein Bestes", murmelte ich ihm hinterher.

Ich schnüffelte mich am Rand des Luftlochs entlang und führte Arthur weiter.

Plötzlich stieg mir ein süßlicher Geruch in die Nase. Ich bellte. Da war noch was in der Luft. Blut? Ich wedelte mit dem Schwanz.

„Gut gemacht!", sagte er.

Arthur nahm seine Schaufel. „Los, Paula, zeig, was Teamarbeit ist!"

Bevor er mit der Schaufel loslegte, schnüffelte ich das Areal ab.

„Beeil dich!"

Auch ich wusste, dass Zeit rar war. Ich musste das Luftloch erschnüffeln, da! Ich hatte es.

Arthur stieß mich weg und schleuderte mit der Schaufel Schneeschicht um Schneeschicht in die Luft.

Ich bellte. Unser Zeichen: Ist der Geruch intensiv, ist die Stelle richtig.

Jetzt nicht zu hastig, sonst bricht die Schneedecke ein.

Das Mädchen lag bewusstlos in dem Luftloch. Ihr Brustkorb bewegte sich kaum. Ihren Herzschlag hörte ich nur schwach.

Arthur legte sich bäuchlings hin und versuchte das Mädchen herauszuziehen. Er kam nicht dran.

„Du musst reingehen", forderte er mich auf.

Mit kaum spürbaren Bewegungen drang ich in die kleine Höhle ein. Furchtbar still war es hier. Ein leises Knacken ließ mich aufschrecken.

Die Beine des Mädchens waren komplett im kühlen Nass vergraben. Sofort begann ich sie zu befreien. Erneut dieses Knacken. Kurz stoppte ich. Stille. Oh man, Paula beeil dich! Mein Herz schlug stürmisch. Ich buddelte so schnell und vorsichtig ich konnte.

So könnte es nun funktionieren. Ich drehte mich in der engen Höhle und packte das Mädchen an ihrer Schulter. Rückwärts zerrte ich an ihr.

So häufig hatten ich das geübt. Trotz der ernsten Situation stellte ich erfreut fest: Es klappt!

Ein kurzes Krachen und im nächsten Moment war es dunkel. Ich war verschüttet. Arthur hörte ich leise.

Ok Paula, das hast du auch so oft geübt. Langsam schräg nach oben buddeln.

Das Mädchen lag unter mir. Sie atmete flacher. Ihr Herzschlag wurde langsamer.

Mist, wieso musste mir das bei meinem ersten Einsatz passieren?

Arthurs Stimme wurde lauter. Gleich geschafft, dachte ich. Mit zwei letzten kräftigen Bewegungen meiner Vorderpfoten, sah ich Arthur direkt vor mir.

Danach ging alles schnell. Zuerst kam ich unter der Schneedecke hervor und dann befreiten Arthur und ich das Mädchen.

Der angeforderte Helikopter kreiste mit ohrenbetäubendem Lärm über uns. Arthur sicherte das Mädchen in der Trage. Ich stupste sie noch einmal kurz an der Wange an. Wir sahen ihr nach, wie sie ins nächstgelegene Krankenhaus geflogen wurde.

Arthur hatte Tränen in den Augen und zog mein Lieblingsleckerli hervor.

Vorsichtig traten wir unseren Rückweg an und fuhren mit dem Schneemobil zur Talstation hinunter.

Die Kollegen der Bergwacht klopften Arthur auf die Schulter und warfen mir Leckerlis zu. Hektor duckte den Kopf. Er schlich zu mir. Von unten leckte er mir über mein Gesicht.

„Schon gut, Alter!"

Hektor und ich bellten uns gleichzeitig freudig an.

REISE AN EINEN
MAGISCHEN ORT

Die morgendliche Sonne verdrängte die Feuchtigkeit der Nacht und bahnte sich den Weg über die Berge. Sabine hatte sich aus dem Zelt geschlichen und genoss die Ruhe, bevor der Rest ihrer Reisegruppe wach wurde. Solch ein sattes Grün hatte sie noch nie zuvor in ihrem Leben gesehen. Sie versuchte tief einzuatmen. Noch immer lag dieser Stein, nein es war ein Felsen, auf ihrem Herzen.

„Binchen, wenn du groß bist, machen wir den Inka Trail. Dann zeige ich dir den magischsten Ort auf der Welt!" Wie oft hatte sie diese Worte ihrer Mutter gehört. Weinen konnte sie auch ein Jahr nach dem Tod ihrem nicht. Das Gefühl, von ihrer Mutter im Stich gelassen worden zu sein, wurde sie auch jetzt nicht los.

Sabine hörte Pedro mit dem Geschirr klappern. Der kleine Peruaner mit den tiefschwarzen Haaren, lächelte sie freundlich an. Der mollige Javier kaute Kokablätter, während er mit den Brüdern Carlos und Raúl, die eigenen Zelte der Nacht einpackte.

Der Geruch des Instantkaffees lockte die Langschläfer aus ihren Nachtlagern. Die Amerikaner Daisy und John krabbelten als erstes aus dem Zelt. Daisys quirlige Locken zeigten sich heute Morgen besonders wild. Mit einem warmherzigen Lächeln und einer kurzen Umarmung begrüßte sie Sabine. Dabei verhedderten sich ihre Locken in Sabines Kette.

„Mist!" Sabine befreite vorsichtig den goldenen Lebensbaum, der ihrer Mutter gehört hatte.

John sprühte, währenddessen seine tätowierten Arme mit einem widerlich stinkenden Spray ein, welches seine Kunstwerke am Körper vor Moskitos retten sollte. Seine dicken Silberringe klapperten gegen den gutgefüllten Kaffeebecher.

Während Sabine beim Frühstück half, hörte sie das laute Lachen der niederländischen Hundefriseurin Emma. Jetzt sind alle wach, dachte sie und schmunzelte. Gefolgt von ihrem großen schlaksigen Mann Ties reihten sich die zwei neben Daisy und John ein, um die herrliche Aussicht auf den Rio Pacaymayu zu genießen. Zwischen den Bergen wand sich das Wasser des Flusses schlangenförmig seinen Weg und spiegelte die Bäume des gegenüberliegenden Ufers.

Mama hätte sofort die Kamera gezückt, dachte Sabine. Und wieder dieser Stich ins Herz.

Als letztes krochen Marcel und Leo aus ihren Schlafsäcken. Ihr Schwyzerdütsch gab Sabine etwas heimeliges und so genoss sie das Frühstück mit der bunten Gruppe auf Klappbänken inmitten des satten Grüns.

„Hast du dein Insulin?", fragte Daisy als Sabine den Reißverschluss ihres Rucksackes schloss.

„Ja. Danke", sagte Sabine. Diese mütterliche Fürsorge war Sabine lange nicht mehr gewöhnt.

Die Gruppe verließ, wie eine Schulklasse beim Wandertag, ihr Nachtquartier und Sabine ließ sich auf dem Weg treiben. Mit ihrer Mutter hatte Sabine auf Wanderungen oft gesungen. Ganz leise summte sie eine Melodie vor sich hin. Die Erinnerungen zogen wie der schwere Rucksack unerträglich an ihren Schultern. Nach einer kurzen Rast fand sich Sabine zwischen der redseligen Daisy und der lauten Emma wieder.

„Daisy, nicht vorzustellen", erzählte Emma aufgeregt. „Da will diese unverschämte Person einen Tag vor dem Konigsdag mit ihrem Pudel noch einen Termin bei mir haben. Da bin ich schon ewig ausgebucht."

Der arme Hund, dachte Sabine. Wenn die immer so viel redet, bekommt das Tier einen Tinnitus.

Die Männer gingen mit Abstand hinter den Frauen und schwiegen sich meditativ an. Nach jeder Kurve, nach jedem Anstieg wurde die Aussicht schöner und Sabine spürte den Druck auf der Brust. Es ist wie Mama es immer beschrieben hat, dachte sie.

Als sie das Nachtlager erreichten, checkte Sabine ihren Blutzuckerspiegel. Ein bisschen niedrig, bemerkte sie.

Sobald die Zelte standen und Javier mit Carlos und Raúl das Abendessen vorbereitete, ließ sich Sabine auf eine der Klappbänke erschöpft nieder.

„Alles ok?", fragte Pedro.

„Ja klar", versicherte Sabine.

Zum Essen reichte Pedro jedem einen Pisco Sour, eine alkoholische Spezialität des Landes.

Sie hoben die Gläser und beglückwünschten sich gegenseitig zu der Leistung der letzten Tage.

Zum Glück ist mir nach dem Essen nicht mehr schwindelig, stellte Sabine fest. Da kann ich ruhig noch ein Gläschen nehmen, dachte sie und hielt Pedro ihren Becher hin.

Mit jedem Schluck wurde sie ausgelassener und nahm kaum wahr, wieviel sie redete. Danach waren die Erinnerungen verschwommen. Irgendwann musste sie eingeschlafen sein. Wage spürte sie, wie jemand an ihrem Kopf und ihrem Mund zerrte. Dann wieder Dunkelheit.

In der Morgendämmerung wachte sie auf und schaute Daisy an.

„Was ist los?", fragte sie verschlafen.

„Du hast uns einen Schrecken eingejagt!", rief Daisy. „Zuerst hast du leicht beschwipst viel geredet, aber dann wurdest du so komisch, irgendwie apathisch. Du warst unterzuckert. Da mussten wir dir Cola einflössen, war nicht einfach." Daisy hielt Sabines Hand und reichte ihr ein Glas Wasser.

Sabine ahnte, wovon sie gesprochen hatte.

„Habe ich von meiner Mutter erzählt?", fragte sie unsicher.

Daisy nickte.

„Was habe ich erzählt?", wollte Sabine wissen.

„Na ja, du hast gesagt, dass deine Mutter krank war, depressiv." Daisy machte eine Pause.

„Sie ist ausgezogen, als du 14 warst. Du hast dich verlassen gefühlt." Daisy sprach ruhig. „Du hast das Gefühl von Liebe vermisst und warst enttäuscht über leere Versprechungen, wie diese gemeinsame Reise nach Peru."

Sabine sah, wie sich Daisys Augen mit Tränen füllten. „Und du hast auch von dem Suizid deiner Mutter gesprochen."

Sabine konnte nicht glauben, dass sie alles erzählt hatte.

Das letzte gemeinsame Frühstück rauschte an ihr vorbei. Die Stimmung war anders. Emma war auffallend still und niemand ließ Sabine aus den Augen.

Pausenlos hörte sie die Stimme ihrer Mutter im Kopf. „Binchen, es wird magisch!"

Und dann kam der Moment, jener Moment, weshalb sie überhaupt die Reise angetreten war. Sabine hatte Angst. Sie ging durch das Sonnentor und schaute auf die Ruinenstadt der Inkas – Machu Picchu.

Ihr Atem ging schneller, der Druck in ihrer Brust schien ihr die Luft zum Atmen zu nehmen. Plötzlich und ganz ohne Vorwarnung konnte Sabine endlich weinen. Der Damm war gebrochen und ihre Gefühle schossen wie ein befreiter Fluss los, der sich endlich seinen Weg suchen konnte. Wut, Trauer und Angst wechselten sich immer ab.

Ganz tief in ihrem Inneren konnte Sabine ihrer Mutter danken und beginnen zu verzeihen.

GESTOHLENES LEBEN

Mein Kopf dröhnt. Ich stoße gegen die Wand, immer wieder. Es ist dunkel und ich höre, wie der Wind draußen pfeift. Ich schaue durch das schmale Fenster mit den Gitterstäben. Seit sieben Wochen, drei Tagen und neun Stunden sitze ich in diesem Loch. Ein Glockenturm in der Nähe ist für mich die einzige Verbindung zur Außenwelt.

Widerstrebend lasse ich mich auf das schmale Feldbett fallen und starre auf den dreckigen Boden. Es stinkt nach Urin und sonstigen Fäkalien. Da wollen sie mir nochmal den Rest geben, mich mürbe machen. Eine nicht zu bändigende Wut steigt in mir hoch. Ich werde keine Reue zeigen.

Ich balle meine Hände zu Fäusten, sodass ich spüre, wie die dünne Haut an manchen Stellen aufplatzt.

Plötzlich springe ich auf und schlage mit den Fäusten gegen die Wand. Ich drehe vollkommen durch, schreie aus tiefster Kehle und hämmere weiter auf den kalten Beton.

„Ihr Schweine!" Meine Stimme überschlägt sich vor Aggressionen und Hass. „Ich bereue nichts! Hört ihr? Gar nichts!"

Die Tür meiner Gefängniszelle wird aufgerissen. Zwei dunkle Gestalten kommen auf mich zu, es sind zwei Wächter. Einer davon reißt meinen Kopf an meinen Haaren zurück. Ich spucke ihm ins Gesicht.

„Na warte, du kleines Miststück." Seine Stimme ist voller Abscheu.

Sein Kollege hat schon ausgeholt und mir einen Schlag ans linke Auge verpasst. Ich schlucke jedes Gefühl herunter. Tritte und weitere Schläge prasseln auf meinen ganzen Körper ein, wie ein kräftiger Hagelschauer. Ich sinke zu Boden. Eine Hand presst meinen Hals nieder. Ich ringe nach Luft. Füße fixieren meine Unterarme. Ich kann mich nicht wehren. Mir wird schwarz vor Augen in der ohnehin schon dunklen Zelle. Endlich lässt der Wächter ab von mir. Ich sauge die Luft tief ein und ernte noch einen Schlag ins Gesicht.

„Das hast du davon!", sagt einer der Gefängniswächter und tritt mir zu guter Letzt noch in den Rücken.

„In ein paar Tagen baumelst du eh nur noch an einem Strick." Mit einem hämischen Lachen knallen sie die schwere Tür zu.

Ich schmecke Blut an meiner Lippe und mein Körper hämmert vor Schmerzen. Erst als ich sicher bin, dass die beiden Wächter außer Hörweite sind, lasse ich meinen Tränen freien Lauf. Ich krümme mich auf dem eiskalten Boden und ziehe die Beine dicht an meinen Oberkörper.

Entfernt höre ich Schreie von einer anderen Inhaftierten. Auch sie wird gerade mit ausreichend Schlägen versorgt. Jede Frau, die in diesem Trakt sitzt, wird bald hingerichtet. Wozu also noch diese Quälerei?

Bevor ich auf den kalten Steinen dahindämmere, lege ich mich auf das feuchtnasse Feldbett. Die kratzige Wolldecke wird durch die permanente Feuchtigkeit in diesem Verließ nicht trocken.

Mein Atem ging schnell. Ich schaute mich hektisch um und hörte in der Ferne Hundegebell. Meine Hände waren blutverschmiert. Der reflektierende Schnee blendete mich und ich rannte kopflos in den Wald. Blind gesteuert hastete ich Richtung Süden. Mein Ziel war die kleine Höhle, in der Erika und ich als Kinder gespielt hatten. Ich musste es bis dorthin schaffen, um die Nacht abzuwarten. Immer wieder drehte ich mich um. Keiner folgte mir. Das Hundegebell wurde leiser.

Peter wird inzwischen an seiner Hütte am Waldrand angekommen sein und meine tote Schwester Erika vorgefunden haben, raste es durch meinen Kopf.

Endlich! Da war der Eingang der Höhle. Tiefhängende Tannenäste, die die Schneemassen kaum halten konnten, verbargen den Zutritt zu meinem Zufluchtsort. Mit letzter Kraft wendete ich mich unter den Ästen durch und rettete mich in die kalte und nasse Grotte. Ich sank völlig erschöpft zu Boden. In der anbrechenden Dunkelheit konnte ich noch immer ihr Blut an meinen Händen sehen. Endlich war ich frei. Eine unglaubliche Erleichterung überkam mich, gefolgt von einer bleiernen Erschöpfung. Die Jahre des Eingesperrtseins hatten ein Ende. Die Schläge meines Schwagers Peter hallten in meinem Kopf nach. Immer wieder hatte ich mich ihm hingeben müssen, um ihnen ein Kind zu geben. Meine Schwester Erika war unfruchtbar und so hatten sie mich seit Jahren für ihre Zwecke benutzt. Vor fünf Jahren hatte ich ihnen den kleinen Leopold geboren. Seine lebensfrohen roten Löckchen und sein unschuldiges Lachen hielten mich die letzten Jahre lebendig.

Eiskaltes Wasser trifft mein Gesicht. Ich fahre hoch und schaue eine Gefängniswächterin an.

„Na, süß geträumt?", fragt sie hämisch. „Du bekommst nichts mehr zu essen, verstanden?" Sie zerrt an meinem Arm. „Kannst noch deine letzte Runde im Hof drehen. Bist morgen schon dran." Ihr widerliches Lächeln entblößt gelbe Zähne in ihrem speckigen Gesicht.

„Warum?", frage ich.

„Ist ein Platz frei geworden. Eine hat sich am Bettpfosten erdrosselt. Konnte es wohl nicht erwarten." Sie schubst mich auf den Gang. „Jetzt vorwärts mit dir, du faules Stück!"

Mit anderen Inhaftierten werde ich über Treppen und durch Gänge in den Innenhof der Frauen-JVA getrieben. Zarte Sonnenstrahlen legen sich auf mein verletztes Gesicht. Ich spüre die Prellungen an meinem Rücken.

Meine Gedanken driften immer wieder zu Leopold. Er wäre jetzt fünf Jahre alt. Er hatte meine Augen und meinen Dickschädel. Ich muss schmunzeln. Peter hat ihn bei sturem Verhalten geschlagen. Es hat mir das Herz gebrochen, ihn leiden zu wissen. Meist habe ich seine Schreie in die kleine dunkle Kammer gehört, in der sie mich eingesperrt hielten. Die Tür wurde nur aufgerissen, wenn Peter mit runtergelassener Hose vor mir stand oder Erika mir das Nötigste an Nahrung zum Überleben gab. Ein zweites Kind wollten sie noch von mir. Dann würden sie mich laufen lassen. Es klappte nicht. Meine vielen Fluchtversuche und dadurch eingehandelte Verletzungen habe ich irgendwann nicht mehr gezählt. Tagelang bekam ich danach nichts zu essen und zu trinken. Leo saß dann an der anderen Seite der Tür und sang ganz leise für mich. Er spürte unsere Verbindung.

Vor zwei Monaten bekam er hohes Fieber und rang nach Luft. Eine schwere Lungenentzündung kostete sein Leben.

Nach Leos Tod begann Peter zu trinken, Erika heulte den ganzen Tag. Danach setzte ich alles daran zu flüchten.

Als Peter sich das erste Mal nach Leos Tod zur Jagd aufraffte, sah ich meine Chance. Ich bettelte, dass Erika mir etwas zu essen geben sollte. Kraftlos und ohne Widerworte öffnete sie meine Kammer. Mit dem Teller, den sie mir gab, holte ich sofort aus und schlug auf sie ein. Schnell war sie wieder bei Besinnung und wollte mich zurück in die Kammer drücken. Ich war stärker, rannte an ihr vorbei und flüchtete aus dem Haus. Nicht vorbereitet, dass sie aus dem Fenster sprang und mir den Weg abschnitt, stand sie vor mir. Wir schauten uns tief in die Augen. Wo war die Schwester, mit der ich aufgewachsen war? Vor mir stand eine Frau, die verbittert vom Leben war. Zutiefst unzufrieden wegen ihrer Unfruchtbarkeit und nie so hübsch zu sein wie ihre kleine Schwester, wollte sie mir mein Leben stehlen.

Einen kurzen Moment war sie verunsichert. Ich täuschte an, an ihr vorbeizulaufen, schnappte mir ein Holzscheit und schlug mit aller Kraft auf ihren Schädel. Sofort fiel sie zu Boden. Blut rann aus einer Wunde am Hinterkopf und verfärbte den frisch gefallenen Schnee in ein tiefes Rot. Ich hatte meine Schwester umgebracht, um mein eigenes Leben zu retten.

Drei Tage war ich auf der Flucht, bis sie mich schnappten. Ein kurzer Prozess und ein klares Urteil folgten. Todesstrafe durch Hinrichtung am Galgen.

Ich schaue über die Gefängnismauern. Der Winter 1910 neigt sich langsam dem Ende und bald wird der Frühling alles frisch und bunt erstrahlen lassen.

Eine Glocke läutet, der Hofgang ist beendet. Ein letztes Mal schaue ich in die Sonne und sauge die Luft tief in meine Lungen.

„Ich lasse nicht über mich bestimmen. Ich entscheide selbst, wann es vorbei ist", murmele ich leise vor mich hin.

Entschlossen renne ich auf die Gefängnismauern zu und ziehe mich hoch. Wissentlich, dass Gewehre auf mich gerichtet werden, höre ich die erwarteten Sirenen, die einen Fluchtversuch signalisieren. Mit wutentbrannter Kraft schaffe ich es, die obere Kante der Mauer zu erreichen, bevor mich viele Schüsse zerfetzen. Leopolds-Gesicht ist das letzte Bild, was ich vor mir sehe.

KLEINES GLÜCK

Der Regen prasselte unermüdlich gegen die Fenster-scheibe. Die Uhr auf dem Handy zeigte Mitternacht an. Steffen schaltete das Gerät aus und legte es auf den Nachttisch neben seinem Bett. Eva lag auf der Seite zu ihm gewandt und atmete tief. Eine Hand hatte sie auf ihren schwangeren Bauch gelegt.

Wahnsinn, bald bin ich Vater! Das wird toll! Schaffe ich das? Ja, natürlich! Ich platze vor Glück! Steffen strahlte in die dunkle Nacht hinein und legt ganz sanft eine Hand auf Evas Bauch. Die Präsentation morgen wird der Knaller. Da hauen Carsten und ich alles raus, was wir die letzten Wochen erarbeitet haben. Diesmal darf nichts schief gehen. Die schlechten Gedanken schob Steffen beiseite.

Zufrieden rollte er sich auf den Rücken und fiel in einen unruhigen Schlaf.

Um Eva am nächsten Morgen nicht zu wecken, hauchte er ihr einen Kuss auf die Stirn und den Babybauch. Ein verschlafenes „Viel Glück für heute!", hörte er noch an der Schlafzimmertür.

„Glück brauch ich nicht!" Er zwinkerte Eva zu.

Voller Tatendrang machte er sich auf den Weg ins Büro.

Ein schicker Neubau mit Blick auf Rhein und Kölner Dom war die Geburtsstätte eines Start-Up-Unternehmens. Kreativität, Teambuilding und innovative Ideen hatte er sich in seinem Bewerbungsgesprächen auf die Fahne geschrieben. Natürlich, das ist alles kein Problem für mich, hatte er den Geschäftsführern überzeugend klar gemacht.

Carsten saß schon tief in Gedanken versunken hinter seinen Monitoren und seine in Falten gelegte Stirn sagte deutlich, dass er nicht gestört werden wollte.

„Morgen! Heute ist der große Tag. Wir rocken das Meeting!" Steffen konnte seine Euphorie nicht bremsen.

„Bist du fit? Da darf nichts schief gehen", sagte Carsten. „Nicht so wie beim letzten Mal." Steffen hörte seinen skeptischen Ton.

„Mir geht's blendend! Packen wir's an!". Steffen klatschte in die Hände.

Seit Wochen arbeiteten sie an einer Präsentation für die Erweiterung der Funktionen ihrer App und standen kurz vor Abschluss des Projektes.

„Du musst dir die letzte Graphik nochmal anschauen. Da stimmt was nicht", sagte Carsten, ohne den Blick von seinem Bildschirm zu heben.

Plötzlich hielt Steffen in seinen Bewegungen inne. Ohne Vorwarnung kam dieses Gefühl. Wie ein schwarzer Mantel legte es sich über ihn.

Nein, nicht jetzt. Bitte! Sein innerliches Flehen half nichts. Sein Körper wurde wie in Blei gegossen. Nervös wischte er sich die verschwitzten Hände an seiner Hose ab.

„Alles ok?", fragte Carsten.

„Ja, sicher!", entgegnete Steffen.

Carsten hatte ihm in den letzten Wochen immer wieder vorgeworfen nicht bei der Sache zu sein. Er hatte Carsten versichert, er wäre ok. Er hatte es mit Evas Schwangerschaft und dem Nichtwissen was auf ihn zukommen wird erklärt.

„Wir haben noch ein paar Stunden." Carsten war angespannt. „Das muss ein Erfolg werden!"

Sprich mich jetzt nicht wieder an, dass ich mich so verändert habe. Ich will es nicht hören. Ich will so nicht sein! Es geht mir gut, dachte Steffen.

Apathisch verließ Steffen den Raum und hörte gar nicht was Carsten ihm hinterher rief. Kaltes Wasser spritze er sich ins Gesicht und betrachtete sich im Spiegel der Herrentoilette. Der Mann, der ihn anstarrte, kam ihm vor wie ein Fremder. Sein Atem ging schnell. Voller Abscheu schaute er sein Spiegelbild an. „Heul nicht rum!", sagte er zu sich selbst und haute seine flachen Hände auf die Wangen.

Er quälte sich durch den Vormittag.

„Junge, was ist los?" Carsten stand neben ihm. „Geht das wieder los?" Seine Stimme klang gereizt und besorgt zugleich.

„Ich schaff das schon." Steffen glaubte sich selbst nicht. Er war nicht überzeugend. Schleppend bewegte er seine bleischweren Finger über die Tastatur.

Wie ging der Prozess nochmal? Ich habe das selbst entworfen. Ich weiß es nicht mehr!

Steffen war gelähmt. Es war wie in einem schlechten Film, in dem er ungewollt die Hauptrolle spielte.

„Es reicht!" Carsten riss ihn aus seinem inneren Monolog. „Geh nach Hause. Du blamierst uns noch!"

Carsten packte Steffens Sachen zusammen, hielt ihm seine Jacke hin und umfasste die Türklinke.

„Geh bitte zum Arzt. Ich habe keine Ahnung was mit dir los ist, aber du bist mir keine Hilfe. In einem Moment weißt du nicht wohin mit deiner Euphorie und im nächsten Moment kann die Welt nicht schwarz genug sein. Geh jetzt, bitte!"

„Hey, das kannst du nicht machen!" Steffen war voller Panik.

„Doch! Ich leite immer noch das Projekt und du gefährdest gerade die Arbeit eines halben Jahres!"

Carsten knallte die Tür hinter Steffen zu. Steffen zitterte am ganzen Körper. Resigniert verließ er das Bürogebäude.

Steffen wusste nicht, wie lange er auf den Rhein gestarrt hatte. Eva hatte ihm Nachrichten geschrieben. Er hatte nicht geantwortet. Sie hatte ihn angerufen. Er war nicht rangegangen. Diese Leere fraß ihn auf. Nach Hause konnte er nicht gehen. Was hätte er Eva sagen sollen?

Er verfütterte seine Lieblingskekse an die Vögelchen, die sich um ihn herum versammelt hatten.

Ein Vogel müsste man sein. Die Welt einmal von oben sehen. Unabhängig sein. Jeden Tag woanders.

„Steffen!" Eva schrie in die Dämmerung hinein.

Nach Süden würde ich fliegen. In die Sonne. Frische Meeresluft und das glitzernde Wasser unter mir.

„Steffen, was machst du da?" Evas Augen waren gerötet. Sie redete auf ihn ein. Er hörte sie nicht. Er saß in einer Blase.

„Sprich mit mir!" Ihre Stimme flehte ihn an. Da war noch jemand. Es war der Nachbar Nils.

Steffen ließ alles mit sich geschehen. Arme die an ihm zogen. Mechanisch bewegten sich seine Beine. In einem Auto wurde er nach Hause gebracht. Entfernt hörte er Eva wimmern. Bitte nicht weinen, mein Mädchen. Ich möchte dich in den Arm nehmen. Aber ich schaffe es nicht. Verzeih mir!

Er schlief, fast zwei Tage. Eva zwang ihn zum Essen und Trinken. Er hörte sie flüstern und weinen. Bitte nicht weinen, mein Mädchen. Ich bin hier! Er konnte nicht sprechen. Wieder umschloss ihn ein tiefer Schlaf.

Es war ein sonniger Samstagmorgen. Der Frühstückstisch war gedeckt, jedoch nur für eine Person.

„Du bist wach?" Eva schaute Steffen unsicher an.

Auf dem Küchentisch lagen verschiedene Unterlagen.

„Wir müssen darüber sprechen", sagte Eva vorsichtig.

„Ich war müde. Mir geht's gut. Mach dir bitte keine Sorgen." Steffen wusste, dass sie nicht lockerlassen würde.

„Müde? Steffen du bist krank!" Evas Stimme bebte. Sie wurde immer lauter. „Wir werden bald Eltern. Ich brauche dich, wir brauchen dich!" Tränen strömten über ihre Wangen.

„Ich habe die letzten Tage recherchiert und mit einem Arzt dein Verhalten geschildert. Er möchte dich untersuchen." Sie gewann ihre Fassung. „Er vermutet eine schwere Depression."

Nun war es ausgesprochen. Steffen war erstarrt.

„Ich habe Angst", stammelte er leise.

„Das brauchst du nicht." Evas Stimme wurde sanfter.

„Ich habe Angst dich zu verlieren." Steffen spürte, wie ihm ebenfalls die Tränen über sein Gesicht rannten. „Du bist viel zu gut für mich! Und ich bin ein Versager."

„Du Dummkopf, ich liebe dich. Aber du musst dir helfen lassen!"

Steffen spürte Evas warme Hände auf seinen. Er konnte seine Körperspannung nicht mehr halten und sank zusammen.

„Ok, ich mach's." Steffen hörte Eva erleichtert aufatmen. „Ich möchte nie wieder in dieser anderen Welt gefangen sein. Ich möchte nur bei euch sein! Ihr beide seid mein ganzes kleines Glück."

EISKALTER ATEM

Das Knacken der Holzscheite im Kamin verströmte eine wohltuende Wärme, während ein kräftiger Luftzug die langen Vorhänge aufbauschen ließ. James rieb sich die Hände über dem offenen Feuer. Seit vierzig Jahren diente er der Familie Watson auf McCarthy House im Süden Englands. Das alte Herrenhaus erhob sich einsam auf einer Lichtung, umgeben von Wäldern. Wie eine dunkle Festung hatte es damals auf James bei seiner Ankunft gewirkt. Sein Bruder hatte ihm abgeraten, die Anstellung anzutreten. Ein Fluch läge auf der Familie.

„Mylady." James deutete eine Verbeugung an und hielt seiner Hausherrin die große Flügeltür auf.

„Danke, James", sagte Mrs Watson. An ihrem Gehstock aus Mahagoniholz prangte das Familienwappen.

„Wann ist dieser elendige Winter vorbei? Das Vieh geht noch ein." Auf ihrem Gesicht zeigte sich tiefe Unzufriedenheit.

„Ich bin mir sicher, dass Mr Brown und seine Söhne sich gut kümmern, Mylady."

James erwartete keine Antwort.

„Holen Sie Master Georg. Er soll mir vorlesen", befahl Mrs Watson.

Derweil übernahm der Hausdiener William das Servieren des Tees.

Den elfjährigen Georg fand James an den Stallungen. Es war einer der Lieblingsplätze des Jungen, denn Georg verzichtete gerne auf die biestige Gesellschaft seiner Großtante.

„Master Georg, Ihre Ladyschaft erwartet Sie im Salon."

Die grünen Augen blickten den Butler leer an. Wortlos erhob Georg sich hinter der Stalltür, wo er die Ziege gemolken hatte. Er bewegte sich trotz der eisigen Kälte sehr langsam in Richtung des Hauses und verschwand wie ein Schatten seiner selbst im Salon.

Dieser Junge ist nicht normal, dachte James und ging wieder seiner Arbeit nach.

Der Sturm nahm zu und heftiger Schneefall setzte ein. James hatte Mühe die Fensterläden, die kräftig gegen die Gemäuer schlugen, zu schließen. Das Licht flackerte auf dem finsteren Korridor nur kurz auf, bevor es erlosch. Ein eiskalter Luftzug fuhr James in den Nacken. Plötzlich hämmerte es laut an der Fronttür. Er fuhr mit rasendem Herzen herum und ging mit zittrigen Knien zur Vorderseite des Herrenhauses.

Durch einen schmalen Spalt sah James zwei Männer. An den Nähten aufgeplatzte Stiefel und zerrissene Tücher, konnten sie vor der Naturgewalt nicht schützen.

Sie müssen komplett durchgefroren sein, dachte James.

„Bitte, lassen Sie uns herein!", flehte einer der Männer. „Wir suchen ein Nachtlager."

Der Butler schloss die schwere Tür und ging in den Salon. Der ausdruckslose Blick von Master Georg, als er von seinem Buch aufschaute, war erschreckend. James rieb sich die Stirn.

Die Hausherrin ließ sich dazu herab, ein Nachtquartier in der Scheune errichten zu lassen.

Immerhin, dachte James. Er hatte damit gerechnet, die ehrenwerte Aufgabe zu haben, die Männer wegzuschicken.

Zwischen Heuballen und den Rindern, hatte Mr Brown mit seinen Söhnen ein Nachtlager errichtet.

„Wenn es selbst den Tieren hier draußen zu kalt ist, wird es für die Männer hart." Mr Brown rieb seine Hände aneinander, um sie zu wärmen.

„Ich weiß, was Sie denken", rief James ihm zu „Die alte Hexe ist eiskalt!"

Nach dem Dinner der Herrschaft gab James William einen Korb.

„Muss ich jetzt auch noch dahergelaufene Vagabunden bedienen?", motzte William.

James' Blick ließ keine Widerworte zu. William nahm den Korb wider Willen entgegen und stolperte fast über Georg.

„Verzeihung, Master Georg!" William konnte seinen Unmut schlecht verbergen.

„Ich bringe den Korb gerne in die Scheune", sagte der Junge.

„Master Georg, Sie gehen in der Dunkelheit nicht mehr vor die Tür." James zog den Burschen sanft zurück. Mit einem Lächeln reichte er dem Jungen eine Tasse heiße Schokolade. Da war wieder dieser eiskalte Atem, der James in den Nacken hauchte. Er schaute sich um. Georg nahm die dampfende Tasse und verließ die Küche.

Die Köchin Miss Jones hatte James seinen Tee bereitgestellt. Er genoss das morgendliche Ritual. Ein Gespräch mit der freundlichen Köchin, war die Ruhe vor dem Sturm des Tages. Plötzlich stürzte Mr Brown in den warmen kleinen Raum.

„Die Männer sind tot!", rief er außer Atem.

James erstarrte. „Sie sind erfroren!" Seine Stimme bebte. Mr Brown nickte.

Für Mrs Watson war es wichtig, kein Aufsehen zu erregen. Natürlich müsse alles weitergehen wie bisher.

„Die Toten müssen im Wald vergraben werden. Die will ich auf meinem Anwesen nicht haben!", hatte sie hinterhergerufen.

Die Leichen lagen hinter den Stallungen in Leinensäcken, ein erschreckender Anblick.

„Hätte die alte Hexe die Männer gleich ins Haus gelassen, bliebe uns das alles erspart!", presste Mr Brown wütend zwischen seinen Zähnen hervor. „Verteidigen Sie die Hexe nicht!"

James wich zurück und spürte den eiskalten Atem an seinem Hinterkopf. Er flüchtete ins Haus. Der Tag nahm seinen gewohnten Gang, wobei alle Bediensteten wie Geister durchs Haus schlichen.

Ein Schrei riss den Butler von seinem morgendlichen Tee hoch. Anna, die Kammerzofe der alten Lady, stand erstarrt und leichenblass im Flur.

„Die Tür war angelehnt", stammelte sie. „Da hab ich reingeschaut." Sie sank schreiend zu Boden. Der Hausdiener William saß eingefroren mit einem Schuh in der

Hand auf einem Stuhl. Ist er tot, fragte sich James. Er putzt doch Schuhe von Master Georg?! Seine Augen waren weit aufgerissenen und seine Mimik zeigte blanke Angst. James konnte keinen Puls tasten. Die Haut war eiskalt.

„Gott steh uns bei!", flüsterte er. War dieser Fluch doch wahr? James schüttelte den Kopf.

Alle Bediensteten hatten sich in der Küche versammelt. Misstrauische Blicke wurden gewechselt.

„Was geschieht hier?", schrie Mr Brown vor Entsetzen. „Erfroren ist der arme William beim Schuheputzen sicher nicht", setzte er noch hinterher.

Gespenstiges Schweigen hüllte den Raum in Schrecken. Nur Annas leises Schluchzen war zu hören. Wieder fuhr der eiskalte Atem James in den Nacken. Wo kommt das nur her, dachte er panisch. „Sofort alle an die Arbeit!" Erschöpft und fassungslos von den Ereignissen, sank er auf einen Stuhl.

„Verscharren Sie den Diener gleich mit im Wald." Das war alles, was ihre Ladyschaft zu den Vorfällen gesagt hatte. Mr Brown hat recht, dachte James. Sie ist eine Hexe.

Der Schrei am nächsten Morgen kam aus dem oberen Stockwerk und war noch schriller als am Vortag.

„Sie hat einfach so dagelegen!", stotterte Anna. Sie hatte die Köchin am Morgen tot in ihrem Bett gefunden.

Wie konnte das sein? James fühlte sich wie in einem Alptraum, der nicht endete.

Als James Master Georg in seinem Schlafzimmer aufsuchte, um nach dem Wohl des Jungen zu schauen, fand er zu seinem großen Erstaunen auch ihre Ladyschaft dort vor.

„Mylady, ich lasse nach Anna rufen, damit sie Sie ankleiden kann." Diskret wollte er sich wieder zurückziehen, um die Herrschaften nicht zu stören.

Doch plötzlich schlug die Tür ins Schloss. Die alte Lady schwebte auf ihn zu. Georg begann zu lachen, hysterisch und mit verzerrter Stimme. Seine Augen leuchteten. James spürte den eiskalten Atem nun ganz dicht an seinem Ohr und konnte den Windzug, der von ihm ausging, fühlen.

„Es ist wirklich schade. Sie waren ein guter Butler", sagte Mrs Watson. Beide standen starr vor James, hypnotisierten ihn mit einem fesselnden Blick und verströmten eine eisige Kälte. James Körper erstarrte. Er war gefangen. Jede einzelne Zelle seines Körpers fror ein. Panisch nahm er wahr, dass durch seinen mühsam aufgerissenen Mund kaum Luft einströmen konnte. Todesangst wurde von der eisigen Kälte überrollt. Als letztes schaute James in die eisigen Augen des kleinen Master Georg.

KÜCHENSCHLACHT

Es hatte was von einer trügerischen Ruhe. Der trübe Saft aus der Verpackung verbreitete sich über die schachbrettartig angeordneten Fliesen und suchte seinen Weg unter die Küchenschränke. Mit einem Zahnstocher aufgespießt, lag Big Tofu auf dem kalten Küchenboden. Die Kühlschranktür war einen Spalt breit geöffnet. Schummriges Licht beleuchtete den Tatort.

Gleich müsste Mrs Scott hereinkommen, dachte Appi. Die trifft der Schlag. In ihrer Obstschale hatte Appi einen hervorragenden Blick auf den gesamten Raum. Zusammen mit den anderen Pink Ladys war sie Zeugin dieser Küchenschlacht geworden.

„Hey Appi", rief Toto aus der Gemüseschale im Kühlschrank. „Wie sieht's aus, da draußen? Hat Big Tofu endlich das Mindesthaltbarkeitsdatum überschritten?"

„Er bewegt sich nicht mehr", flüsterte Appi. Ihre rosigen Wangen waren blass geworden. „Ich war gleich dagegen!"

„Ach, reg dich ab! Wir müssen unser Revier verteidigen. Hier kommt nicht so ein Zeug rein." Toto war entschlossen und ohne jeden Gewissensbiss.

Appi drehte sich wieder den anderen Pink Ladys zu und hörte wildes Gemurmel aus der Gemüseschale, wo Toto und die anderen Tomaten bestimmt den nächsten Schlachtzug ausheckten.

„Ok Leute, das war schon ganz gut, aber beim nächsten Mal müssen wir noch mehr von dieser Spezies ausschalten." Totos Haut glühte. Der grüne Strunk stand ihm wild zu Berge. Er schaute in die Gesichter seiner motivierten Tomatenkollegen.

„Wir müssen Hacki helfen! Wir sind zusammen Bolognese! Denkt doch mal nach", nun war Toto auf den kleinen Vorsprung in der Gemüseschublade geklettert, um erhöht zu seinen Freunden zu sprechen. „Wer gehört in eine Bolognese?"

„Na wir!", schrien die Karotten aus der Gemüseschale nebenan.

„Genau! Und was ist das wichtigste?" Toto schaute in die aufgeregten Augenpaare der anderen Tomaten. In der Ablage über ihm konnte er das Hackfleisch traurig in der Tüte liegen sehen.

„Das wichtigste an einer Bolognese ist das Hackfleisch! Und kein Tofu!" Alle jubelten. Die Karotten hüpften aufgeregt in ihrem wiederverwendbaren Säckchen auf und ab, der Joghurt stieß vor Freude an die saure Sahne und selbst die angebrochene Flasche Chardonnay brummte zustimmend in den Chor mit ein. Nur Hacki lag traurig und schon leicht grau um die Nase in der Tüte mit dem Bio-Aufkleber.

„Es ist nett, dass ihr euch alle für mich einsetzt, aber ich denke, das nutzt nichts. Die Menschen wollen weniger Fleisch essen, gesund leben, vegan. Da passe ich nicht mehr rein."

Große Unruhe entstand auf allen Etagen des Kühlschranks.

„Hacki, so darfst du nicht denken." Toto schaute durch die Glasscheibe nach oben. Mist, wie können wir ihm nur helfen, dachte er.

„Hey Leute, sie kommt!", rief Appi aus der Obstschale.

Im nächsten Moment wurde die Kühlschranktür aufgerissen und alle schauten wie erstarrt in Mrs Scotts weite Kulleraugen.

„Was ist denn hier passiert?", rief sie in die leere Küche. „Och, der gute Tofu. Der war so teuer." Appi beobachtete, wie die Dame des Hauses den Kühlschrank schloss und den aufgespießten und inzwischen eingetrockneten Tofu in den Mülleimer verfrachtete. Nachdem sich die Klappe des Treteimers schloss, zuckte sie bei einem Jubel aus dem Kühlschrank zusammen.

„Ist da jemand?" Sie drehte sich um und suchte mit den Augen den Raum ab. „Ich werd noch verrückt. Vielleicht sollte ich doch die Tabletten von Dr. Smith nehmen", sagte sie zu sich selbst.

Appi beobachtete, wie Mrs Scott mit ihrer Kaffeetasse die Küche verließ und sich den ersten Lockenwickler aus den Haaren zog.

Unter den Pink Ladys wurde wild getuschelt und die Ereignisse der letzten Nacht ließ man Revue passieren.

Das dumpfe Scheppern aus dem Kühlschrank läutete das nachfolgende Chaos ein. Appi und ihre Mädels hörten ein Klirren, Schreie und angestrengtes Stöhnen, bis die Kühlschranktür aufflog. Die Gurke Cucu stemmte sich von der unteren Ablage gegen die Innenseite der Tür. Toto schob die Gemüseschale auf, gestützt von seinen Kollegen. Mithilfe der Käse-Trauben-Spieße schafften sie es, Big Tofu über eine andere Gurke, die als Rutschbahn diente, mit großem Karacho aus den heiligen Hallen des Kühlschranks zu verfrachten. Ächzend prallte der Fleischersatz auf die Küchenfliesen und der hinterherfliegende Käse-Spieß versetzte Big Tofu den Todesstoß.

Appi lief es eiskalt den Rücken runter.

Mrs Scott riss sie aus ihren Gedanken. Sie klackerte mit ihren Highheels in die Küche und schnappte sich mit ihren rot lackierten Fingernägel Pam, die sich bereitwillig verspeisen ließ. Eingenebelt in einer kräftigen Parfumwolke wurde Appi wieder ihrem Kopfkino überlassen.

Am Abend ließ sich Mrs Scott nur kurz blicken. Sie schnappte sich die Flasche Weißwein. Appi konnte hören, wie sie telefonierte.

„Ach Cindy, dieser Schwindel wird einfach nicht besser. Und heute sind auch noch Kopfschmerzen hinzugekommen." Mrs Scott klang weinerlich.

„Ne, im Job ist es viel ruhiger geworden. Mit Stress hat das nix zu tun. Ich habe auch meine Ernährung umgestellt, weniger Fleisch, weißt du." Appi hörte sie einen großen Schluck Wein trinken. „Morgen gehe ich mal zum Arzt. Da stimmt was nicht."

Es war Freitagnachmittag, der Tag, an dem Mrs Scott für gewöhnlich einkaufen ging. Die gesamte Küchenbelegschaft war gespannt, was sie anschleppen würde.

Es kam alles anders.

Appi hatte überrascht beobachtet, wie Mrs Scott gleich in die obere Etage verschwunden war, anstatt wie sonst, sich erst einen Kaffee zu machen. Ihr Ritual nach der Arbeit.

In Jogginghose und Sweatshirt steuerte sie zielgerichtet auf den Kühlschrank zu. Appi hatte rosige Wangen vor Aufregung.

Toto und seine Kumpels hingen gelangweilt in der Gemüseschale. Eiskalt erschrak er, als der wiederverwendbare Gemüsebeutel, in dem er saß, gegriffen und auf die Arbeitsfläche abgelegt wurde.

„Was ist los?", fragte er mit hochgezogener Augenbraue, „gibt es Ratatouille?"

Die Karotten folgten. Große Aufregung entstand.

„Appi, hast du was mitbekommen?" Toto drehte sich zur Obstschale.

„Nein, keine Ahnung, was sie vorhat. Sie hat kein neues Rezept auf ihr Tablet heruntergeladen."

Gespannt schauten sie alle auf Mrs Scotts Bewegungen. Und dann, sie konnten kaum ihren Augen trauen:

Hacki wurde neben dem Herd abgestellt. Appi und Toto schauten sich mit Sorgenfalten im Gesicht an.

„Nicht, dass sie ihn wegwirft!" Appi konnte ihre Aufregung nicht verstecken.

Plötzlich klingelte Mrs Scottss Handy. Über ihr Headset nahm sie den Anruf entgegen.

„Cindy, wie schön, von dir zu hören." Mit ihren rot lackierten Nägeln machte sich Mrs Scott an Hackis Verpackung zu schaffen.

Appi konnte nicht hinschauen und versteckte sich im Getümmel der Pink Ladys.

„Du glaubst es nicht. Ich habe einen Eisenmangel. Daher auch der Schwindel und die Kopfschmerzen. Der Arzt sagt, ich soll wieder mehr Fleisch essen. Und bevor ich das teure Bio-Hackfleisch wegwerfen muss, mache ich eine Bolognese. Möchtest du vorbeikommen?"

Appi hüpfte voller Freude durch die Obstschale, Toto und seine Kollegen klatschten ein, während Hacki freudestrahlend in das bereits heiße Öl rutschte.

NOCH EINE RUNDE EIERLIKÖR, BITTE!

Meine Güte, dachte ich. Kann man nicht mal in Ruhe aufs Klo gehen?

Es klingelte erneut.

„Ja, ich komme!", schrie ich. Mit meinen Rheumafingern zupfte ich meinen cremefarbenen Valentino-Rock zurecht und richtete meine alten quietschenden Knochen mühsam auf.

Es klopfte.

„Ja, verdammt nochmal!" Ich bekomme schlechte Laune, wenn man mich hetzt.

Mein tauber Kater Mick Jagger kam mir in die Quere. Gepaart mit meinem grauen Star hatte dies zur Folge, dass ich ihm einen saftigen Tritt verpasste.

Wutschnaubend riss ich die Haustür auf.

Da stand er. Ich kannte ihn bereits. Eine dunkle Gestalt mit langem schwarzem Umhang, einer tief ins Gesicht hängenden Kapuze und furchteinflößendem Blick. Na ja, Angst hatte ich nicht. Jeden Morgen schluckte ich elf bunte Pillen und presste mich in ein Korsett aus festem Gummi, damit ich nicht über die eigenen Brüste fiel. Ich war also das blühende Leben.

„Ach, Sie schon wieder", sagte ich vollkommen unbeeindruckt. „Ich habe keine Zeit. Ich treffe gleich Traudel."

„Hallo, Frau Fröhlich", sagte der Tod mit tiefer Stimme. „Ich komme, um Sie abzuholen."

„Das hätten Sie wohl gern!" Ich war dabei, meinen rechten Arm in den neuen Burberry-Mantel zu zerren. „Viel wichtiger wäre, dass die Edeldesigner endlich etwas Stretch in die feinen Stöffchen einarbeiten." Mit einem letzten Ruck zog ich meine Hand aus dem Ärmel.

In meiner Longchamp-Tasche klingelte mein iPhone.

„Ja, Traudel, ich bin auf dem Weg."

Bewaffnet mit Tasche und Handstock ging ich an dem Knochenmann vorbei und schloss die Haustür hinter mir. „Leider habe ich keine Zeit zu plaudern." Meine wackligen Beine trugen mich zielsicher zur Straße. „Gehen Sie doch mal bei meiner Nachbarin, der Kalles, klingeln. Die nimmt Sie mit Kusshand."

Der Tod folgte mir.

„Wieso eigentlich ich? Bei Ihnen brummt doch grad das Geschäft, dank Corona?" Ich konnte schon immer fabelhaft über meine eigenen Witze lachen.

Ein Taxi hielt direkt vor mir an.

„Erkan, wunderbar, wie pünktlich Sie immer sind!", trällerte ich dem Fahrer entgegen.

Der junge Taxifahrer schaute zuerst mich, dann den Tod verwirrt an.

„Kommt der Herr auch mit?", fragte er unsicher.

„Du liebe Güte, natürlich nicht", sagte ich energisch.

„Doch, Frau Fröhlich!"

Der Tod wollte gerade in das Taxi einsteigen, da hielt Erkan ihn zurück.

„Wo ist Ihr Mundschutz?", fragte er.

Der Tod schaute verdutzt. „Mundschutz?"

„Haben Sie das Wort P-A-N-D-E-M-I-E schonmal gehört?" Ich buchstabierte das Wort halb schreiend, halb lachend und ließ mich dabei auf den Beifahrersitz plumpsen. „Hier, halten Sie sich das vor Ihren verstaubten Mund." Ich hielt ihm ein Chanel-Taschentuch hin. „Nicht dreckig machen!", ermahnte ich ihn.

Zu dritt gaben wir im Taxi sicher ein skurriles Trio ab und in Kombination mit meiner Playlist hörte man uns bereits von weitem. Die *Rolling Stones* dröhnten mit *Satisfaction* aus den Boxen.

Erkan lenkte das Taxi über die Königsallee in Düsseldorf und hielt vor dem Steigenberger Hotel.

Ich hievte mich aus dem tiefen Autositz hoch. „Sie könnten mir auch helfen, anstatt blöd zu glotzen!", raunzte ich den Tod an.

Der Oberkellner Antonio begrüßte mich mit einem breiten Lächeln. Über mein Anhängsel war er nicht erfreut.

„Der hier wäre eine todsichere Adresse für Ihren unerwünschten Schwiegersohn", flüsterte ich dem Italiener zu und machte eine Kopfbewegung zu meinem Begleiter.

Mit dem Bewusstsein viele Blicke auf mich zu ziehen, marschierte ich durch das Restaurant des Luxushotels. Traudel saß am Fenster in der Ecke, unser Lieblingsplatz seit über dreißig Jahren.

„Toni, wen hast du denn im Schlepptau?" Traudel bekam ihren Mund nicht zu.

„Darf ich vorstellen, der Tod."

„Bitte? Ist das wieder einer deiner schlechten Scherze?"

„Nein. Er stand heute vor der Tür und ich werde ihn nicht los", sagte ich und winkte einen Kellner herbei.

Nach dem ersten Aperol Spritz, einem großen Stück Käsekuchen und zwei Eierlikörchen waren Traudel und ich richtig in Fahrt. Wie bei jedem Treffen lachten wir über alte Geschichten. Mein unerwünschter Tischnachbar starrte mich von der Seite an.

„Machen Sie sich mal locker!", lachte ich ihn an und rief Antonio: „Noch eine Runde Eierlikör, bitte. Diesmal für uns alle."

Skeptisch beäugte der Tod das kleine Glas in seiner Hand.

„Na los, auf ex und weg!", kicherte Traudel und kippte ihr Glas in einem Zug runter.

Mit jeder weiteren Runde Eierlikör wurden wir ausgelassener.

Als sich unsere bizarre Gesellschaft auflöste, nahm ich Traudel zum Abschied fest in den Arm. Beschwipst stützten wir uns gegenseitig und lachten wie zwei Schulmädchen.

Erkan wartete bereits. Mit *Sympathy For The Devil* von den *Stones* sausten wir bei ohrenbetäubender Lautstärke durch die Stadt.

Abends im Bett fuhren meine Gedanken Achterbahn. Wieso habe ich mich heute so gut gefühlt, fragte ich mich.

Mit einem müden Seufzer glitt ich in einen unglaublich tiefen Schlaf.

„Das ist ja der Wahnsinn hier oben!" Ich hüpfe lachend wie auf einem Trampolin auf meiner Wolke.

Ein entzückender Engel reicht mir einen Eierlikör. Etwas außer Atem nehme ich das Glas entgegen. „Sie sind eine bemerkenswerte Frau."

„Was? Das sagen Sie nur, weil Sie Angst haben, dass ich wieder meine Playlist auspacke?" Ich biege mich vor Lachen. „Wir brauchen einen Eierlikör, ganz dringend", höre ich jemanden sagen und merke im selben Moment, wie trocken mein Mund ist.

Oh! Ich schrak hoch. Hab ich das wieder geträumt?

Ich schlüpfte in meine Gucci-Pantoffeln und öffnete die Haustür: Da stand er. Noch immer.

Siegessicher, seine Achillesferse nun zu kennen, lud ich ihn in meine Küche ein. „Cheerio, mein Lieber!"

Er hatte nach kurzer Zeit eine ziemliche Abhängigkeit zu diesem gelben klebrigen Zeug entwickelt.

GECHILLTE ZEIT

Versteh einer mal die Erwachsenen! Gestern lief Mama wie ein aufgescheuchtes Suppenhuhn durchs Haus. Hat Merle und mich nur angemotzt.

„Räumt eure Zimmer auf! Macht eure Hausaufgaben!", hat sie immer wieder geschrien. Dabei haben wir Ferien.

Und heute? Sie hört gar nicht mehr auf zu weinen.

„Kommt mal her meine Schätze!" Ihre roten aufgequollenen Augen schauen mich so an, wie *Gollum* aus *Herr der Ringe*. Natürlich darf ich den Film noch gar nicht sehen, aber ich verstecke mich auf der vorletzten Stufe im Flur und kann jederzeit prima verschwinden. Mir fehlt nur noch der letzte Teil. Ich möchte später mal Filmregisseur werden. Dann denke ich mir tolle Geschichten aus und alle machen, was ich sage.

Meine große Schwester schiebt mich von der Couch und möchte sich allein auf Mamas Schoß breit machen.

„Ich muss euch was sagen." Mama holt tief Luft. „Gestern ist die Oma Toni…". Und da geht es wieder los. Sie weint schlimmer als ich, als ich mir den Arm gebrochen hatte. Ich mag es nicht, wenn Erwachsene derart ungechillt sind.

Merle krallt sich sofort die Box mit den Taschentüchern, sodass ich nicht drankomme. Sie will immer Mamas Liebling sein. Grinst mich auch noch so hinterhältig an. Blöde Kuh!

„Ach Danke, meine Große." Sie gibt Merle einen Kuss auf die Stirn.

Na warte, das kann ich auch. Ich gehe um den Couchtisch herum und lege Mama ihre Lieblingsdecke um.

„Was habe ich nur für wunderbare Kinder." Sie nimmt uns beide in den Arm.

„Mama, was ist denn mit Oma Toni passiert?" Ich werde ungeduldig.

„Wisst ihr, die Oma Toni ist nicht mehr bei uns." Mama flüstert so leise, dass ich ganz nah mit meinem Ohr an sie heran rutschen muss.

„Sie ist bestimmt zu Hause", antworte ich.

„Das meine ich nicht. Wir werden sie nicht mehr wiedersehen. Sie ist seit gestern im Himmel." Mama spuckt die Worte aus und weint sofort wieder los.

„Ach so, dann fliegt sie in den Urlaub. So wie wir das auch im Sommer gemacht haben. Gibt es da auch Rutschen wie in unserem Hotel?" Ich wippe ganz aufgeregt hin und her. Vielleicht kann ich zur Oma fliegen. Urlaub mit Oma wäre toll.

„Boah, Fynn!" Merle haut sich mit der flachen Hand auf die Stirn. „Du bist so doof! Die Oma ist tot. Die sehen wir nie wieder! Das hat die Oma uns doch beim letzten Besuch versucht zu erklären." Das größte Hobby meiner Schwester ist es, mich blöd dastehen zu lassen.

Diesen Sommer hatte ich mein erstes Zeugnis bekommen. War ich stolz! Endlich konnte ich auch Oma Toni die Mappe reichen und eine ordentliche Belohnung abstauben.

Ich war gerne bei Oma Toni. Bei ihr war es sehr lustig. Sie sagte immer: „Du erinnerst mich so sehr an deinen Opa Hans." Dabei strich sie mir über den Hinterkopf, aber nicht so, dass meine coole Frisur kaputt ging. Oma hatte nämlich Geschmack, so wie ich. Gechillt halt.

Sie war immer schick. Merle versuchte sie nachzumachen, das war so albern. Aber ich ließ sie mit Mamas viel zu großen Schuhen die Treppe herunterfallen. Danach war Merle zwei Wochen im Krankenhaus. Das war toll! Da hab ich mächtig Ärger bekommen. Ich soll auch als kleiner Bruder auf meine große Schwester aufpassen. Nach der Standpauke bekam ich ein schlechtes Gewissen und habe Merle mein Lieblingskuscheltier ins Krankenhaus gebracht.

Bei unserem letzten Besuch war Oma Toni komisch. Dabei war mein Zeugnis voll gut. Die Klassenlehrerin hatte eine Anmerkung gemacht, dass ich ein besonders fleißiger und wissbegieriger Schüler sei. Merle protzte rum, dass sie nach den Ferien auf ein Gymnasium gehen würde. Sie sei so schlau. Ja klar! Sie wollte nur endlich ihr eigenes Handy haben. Mama und Papa haben gesagt, dass wir eins bekommen, wenn wir auf die weiterführende Schule gehen. Mist, das dauert bei mir noch. Bis dahin, nehme ich Merle ihres ab. Ha, das wird ein Spaß!

Oma Toni las sich die Zeugnisse ganz genau durch und kommentierte jede Note. Wir aßen ein großes Stück Schokoladenkuchen und Oma trank so ein gelbes seltsames Zeug. Das trank sie immer, denn das halte sie jung. Sie war schon ziemlich alt, daher musste es stimmen.

„Darf ich das auch mal probieren?", fragte ich.

„Fynn, da ist Alkohol drin. Das weiß doch jedes Kind." Merle war wieder mal in Hochform.

Oma Toni legte ihre Hand auf meinen Arm.

„Wie schön, dass ihr da seid", sagte sie.

„Du klingst wie Oma Mechthild", antwortete ich. „Die redet auch immer so komisch."

Oma Toni lachte. „Ach weißt du Fynn, wenn man älter wird, da kann es sein, dass man ein bisschen komisch wird. Und weißt du was?"

Sie tippte mir auf die Nasenspitze.

„Wenn ich mal nicht mehr bin, dann freue ich mich, dass diese freche und neugierige Art in dir weiterlebt."

„Wie soll das denn gehen?" Die Erwachsenen reden echt seltsames Zeug.

„Du rennst los, ohne nachzudenken und umarmst die Welt, so wie ich es auch immer getan habe." Oma Toni nahm sich noch ein kleines Glas mit dem gelben Kleister, den sie Eierlikör nannte.

„Aber du bist doch hier. Warum sprichst du so, als ob es dich nicht gäbe?" Ich verstand kein Wort.

„Deine Oma Toni wird nicht jünger und so kann es sein, dass ich bald dort bin, wo Opa Hans schon auf mich wartet." Sie schaute auf das Schwarz-Weiß-Bild, welches am Tag ihrer Hochzeit aufgenommen worden war. Da gab es noch keine Handys, die bunte Bilder machten.

„Und wo wartet Opa Hans auf dich?", fragte ich.

„An einem schönen Ort, wo es uns an nichts fehlt und ich euch immer sehen kann. So bin ich immer bei euch und kann sehen, wie ihr groß werdet und irgendwann", sie lehnte sich in ihrem Sessel zurück, „sehen wir uns wieder und werden uns nie mehr trennen müssen." Sie schaute Merle und mich glücklich an.

„Das heißt also, wenn man stirbt, ist es so, dass man sich nur eine Zeit nicht sieht und dann, wenn man sich wieder sieht, man nie mehr getrennt wird?" Ich glaubte es verstanden zu haben.

„Genau so, mein kluger Fynn."

Ich hatte es kapiert. Merle ärgerte sich zu Tode und ich stellte fest, dass ich meine Schwester nie loswerden würde.

An Oma Tonis Beerdigung treffe ich endlich nochmal ihre Freundin Traudel. Die mochte ich schon immer. Sie ist wie meine Oma, immer fröhlich und voll verrückt.

„Na Fynn, wie geht's dir?", fragt mich Traudel, als ich mir gerade das zweite Stück Kuchen auf den Teller lade. Beerdigungen sind sehr traurig, aber das Kuchenessen hinterher ist klasse.

„Mir geht's gut", antworte ich.

Wir sitzen nebeneinander und Traudel ordert beim Kellner einen Eierlikör, wie Oma Toni.

„Bist du nicht traurig?", möchte sie wissen.

„Ein bisschen schon, denn es dauert jetzt so lange wie ich lebe, bis ich die Oma wiedersehe. Ich hoffe, es geht ihr gut."

Traudel schaut in den blauen Himmel.

„Ich bin mir sicher." Sie leert das kleine Glas mit einem Mal. „Weißt du was?"

Ich schüttel den Kopf. Woher soll ich wissen, was sie gerade denkt? Wieder so ein Erwachsenen-Ding.

„Deine Oma und ich haben den Tod vor einigen Wochen kennengelernt." Traudel zwinkert mir zu.

Ich reiße die Augen auf. „Ehrlich? Krass! Und wie war das?" Ich muss alles wissen.

„Der Tod ist freundlich und ganz sanft zu denjenigen, die er mitnehmen möchte." Traudel erzählt mir, dass Oma Toni mit ihm im Café aufgekreuzt war und sie richtig viel gelacht haben.

„Und weißt du was das Beste ist? Er mag Eierlikör!"

Jetzt weiß ich, dass meine Oma Toni mit Opa Hans eine total gechillte Zeit hat.

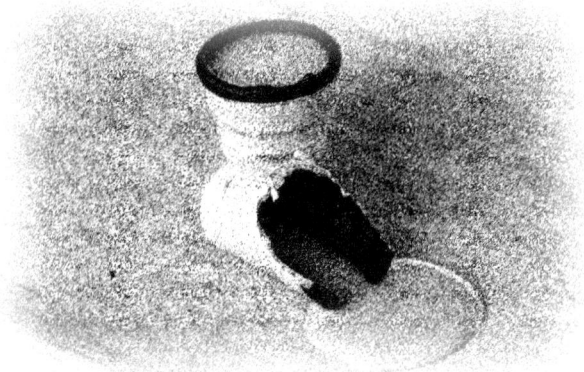

DER LETZTE EIERLIKÖR

„Ok Mädels, und jetzt weg hier!", flüstere ich mit Nachdruck. Ich drehe die Zündung meines alten Opel Corsas, während Agathe und Elfriede sich auf die Rücksitzbank quälen.

„Traudel, du brauchst ein größeres Auto. Lange schaffe ich das nicht mehr mit meinem Rücken", stöhnt Elfriede.

„Wo bleibt Gisela?", frage ich nervös. Ich sehe, wie sie hinkend aus dem Hintereingang des Rathauses schleicht. Ächzend fällt sie auf den Beifahrersitz. Sofort gebe ich Gas, obwohl sie die Autotür noch nicht ganz geschlossen hat.

„Meine Hüfte!", jammert Gisela.

„Gisi, du musst dich operieren lassen", sagt Elfriede vom Rücksitz.

Auf direktem Wege fahre ich uns in die Seniorenresidenz *Zum schönen Ausblick*. Aus dem alten Autoradio wummert *Highway to hell*.

„Ha, das ist der richtige Hit für diese Aktion", lacht Elfi.

„War das richtig, was wir getan haben?", fragt Agathe unsicher.

„Natürlich!", erwidern wir genervt im Chor.

Ich parke mein Auto vor dem *schönen Ausblick*.

„Masken auf!" Alle kommen meiner Aufforderung nach.

Mit FFP2-Masken schleichen wir durch den Seiteneingang ins Treppenhaus und verschwinden wie Einbrecher in unseren Wohnungen.

Erschöpft falle ich in meinen Fernsehsessel. Auf dem kleinen Tisch vor dem Fenster steht ein Bild mit meiner alten Schulfreundin Toni Fröhlich, die im Mai verstorben ist.

„Toni, du hättest heute deine helle Freude gehabt." Ich zwinkere ihrem Lachen auf der Fotographie zu.

Der nächste Tag plätschert dahin. Im Radio höre ich *Wham* mit *Last Christmas*, während ich meinen berühmten Christstollen backe.

Plötzlich unterbricht die Moderatorin den Musikbeitrag.

„Wir unterbrechen die Sendung für eine wichtige Eilmeldung. Heute Mittag hat die Stadt Düsseldorf einen Einbruch ins Rathaus bestätigt. Wichtige Unterlagen, die zur weiteren Regelung des Lockdowns, zur Unterzeichnung bereit lagen, wurden von den Servern entwendet. Der oder die Einbrecher haben jedoch selbstgebackene Plätzchen und eine Flasche Eierlikör stehen lassen. Heute sollten die genannten Dokumente vom Oberbürgermeister unterzeichnet werden. Von den Tätern fehlt bisher jede Spur. Die Polizei ist dankbar für jeden Hinweis aus der Bevölkerung."

Mein Handy klingelt.

„Traudel, hast du das gerade gehört?" Aggi schreit hysterisch ins Telefon.

„Ja, natürlich", sage ich trocken. „Wir wollten doch ganz sicher gehen, an Weihnachten unsere Familien sehen zu können. Du heulst doch seit Monaten rum. Bitte schön, jetzt kannste hin!"

Aggis Schluchzen überschlägt sich theatralisch.

„Ich hol die anderen dazu." Ich lege auf und wähle in unserer Whatsapp-Gruppe *Alte Knochen* die Option Videoanruf.

„Es hat geklappt!" Elfi ist ganz aus dem Häuschen.

„Den Eierlikör wissen die gar nicht zu schätzen!", wirft Gisi in die Runde.

„Das war ein Volltreffer Mädels", sage ich kichernd.

„Wir treffen uns heute Abend im Treppenhaus und trinken einen Eierlikör drauf." Elfi klatscht aufgeregt in die Hände und wir anderen nicken, auch Aggi.

Auf Zehenspitzen verlasse ich kurz nach Mitternacht meine Wohnung und schleiche mit FFP2-Maske zum Treppenhaus an der Südseite des Gebäudes. Elfi wartet hinter der schweren Tür in ihrem gelben Frotteebademantel.

„Traudel, wir kommen endlich hier raus!" Elfi ist überglücklich. Ihre Alkoholfahne zeigt, dass der Prosecco heute Abend besonders gut geschmeckt hat.

Polternd kommt Gisi mit der verheulten Aggi im Schlepptau um die Ecke.

„Manche muss man zu ihrem Glück zwingen", sagt Gisi und macht eine Kopfbewegung in Aggis Richtung.

„So meine Damen, ich freue mich, dass die Zeit der auferlegten Quarantäne vorbei ist. Wir konnten verhindern, dass die werten Herren Politiker die alten Menschen in den Pflegeheimen an Weihnachten einsperren wollten." Wir heben unsere Waffelbecher mit Eierlikör.

„Auf ein schönes Weihnachtsfest!", flüstert Elfi beschwipst.

„Traudel, hast du den Schlüssel und den USB-Stick entsorgt?", fragt Aggi wie ein verängstigtes Kaninchen.

„Für wie blöd hältst du mich?", entgegne ich gespielt empört.

„Dass die aber auch so dämlich sind und nach zwanzig Jahren noch immer nicht die Schlösser ausgetauscht haben." Wir kichern wie Schulmädchen. Inzwischen sind wir bei der fünften Runde Eierlikör.

„Das war eine verrückte Zeit damals als Sekretärin des Oberbürgermeisters." Ich schwelge in Erinnerungen.

„Wie geht's denn jetzt weiter?" Elfis Augen leuchten.

„Oh bitte, nicht noch so eine Aktion!" Aggis Stimme wird laut.

„Psst", raunze ich sie an. „Wir halten die Füße still und machen gar nichts."

„Irgendwann kommt das raus. Dann landen wir alle im Knast."

„Aggi, bitte! Jetzt nicht die depressive Nummer. Freu dich auf deinen kleinen Max und den Schweinsbraten deiner verhassten Schwiegertochter." Gisi stößt sie mit dem Ellenbogen in die Seite.

Bevor die Nachtschwester unseren Umtrunk stört, verschwinden wir angetüdelt in unseren Wohnungen.

Die letzte Kerze auf dem Adventskranz brennt gerade, als es an meiner Tür klopft. Durch den kleinen Spalt sehe ich einen jungen Mann.

„Frau Stark?", fragt er unbeholfen.

„Ja?" Ich ziehe eine Augenbraue hoch.

„Kommissar Bender, Kripo Düsseldorf. Darf ich reinkommen?"

„Bitte!", entgegne ich und öffne die Tür.

Er legt seine Fortuna-Maske an und tritt ein. Widerstrebend setze ich auch meine Maske auf.

„Worum geht es?"

„Ihr Auto wurde am 2.12. gegen 23:30 Uhr am Hintereingang des Rathauses gesehen. Ein Anwohner beschreibt wie vier ältere Damen das Gebäude verlassen haben und danach in Ihren Wagen gestiegen sind." Seine Stimme zittert. „Was sagen Sie dazu?"

Bevor ich antworte, atme ich hinter meine Maske ruhig ein und aus.

„Das kann gar nicht sein. Wir alten Menschen sind hier doch wie im Knast eingesperrt", sage ich provokant. „Das muss eine Verwechslung sein."

„Es gibt einen Zeugen, der Ihr Auto mit Kennzeichen erkannt und vermutlich auch die Täter gesehen hat." Sein Ton wird schärfer. „Frau Stark, es wurden streng vertrauliche Unterlagen entwendet. Die Täter haben sich Zugriff auf die Server verschafft und auch dort alle Unterlagen gelöscht. Die hinterbliebenen Utensilien wie der Eierlikör und das Gebäck werden noch untersucht. Wenn sie vergiftet sind, handelt es sich um versuchten Mord. Das ist eine Straftat." Der Kommissar schaut mich durchdringend an.

„Und da war sofort klar, dass ich das war? Ich fahre Opel Corsa und mein tägliches Highlight ist Eierlikör." Ich lache laut. „Fertig ist die Täterin."

„Wir gehen jedem Hinweis nach. Sie und Ihre Komplizinnen sind dringende Tatverdächtige."

Cool bleiben, Traudel, nicht mit den Augen blinzeln. Blick standhalten.

„Und jetzt?" In mir tobt ein Feuer.

„Ich bitte Sie bis zum Abschluss der Ermittlungen zu unserer Verfügung zu stehen." Herr Bender dreht sich an der Tür um. „Frohe Weihnachten."

Ich schalte mein iPad aus und bringe mein benutztes Geschirr in meine kleine Küche. Das Weihnachtsessen per Zoom, war die einzige Möglichkeit mit meiner Familie Weihnachten zu feiern. Leider hat unser Einbruch ins Rathaus seinen Zweck nicht erfüllt. Wir hocken noch immer im *schönen Ausblick* und starren die Wand an.

Mir wird schwindelig und ich sehe zu, dass ich mich in meinen Fernsehsessel retten kann. Das passiert mir öfter in der letzten Zeit.

„Hallo Frau Stark."

Ich erschrecke zu Tode. Eine dunkle Gestalt steht vor mir.

„Wer sind Sie?"

„Ich bin der Tod. Ihre Freundin Toni Fröhlich schickt mich. Ich bin hier, um Sie abzuholen."

„Oh, sehe ich Toni wieder?" Schon stehe ich bereit.

Endlich eine Möglichkeit, hier rauszukommen. „Gibt es bei Ihnen auch Eierlikör?", will ich noch schnell wissen.

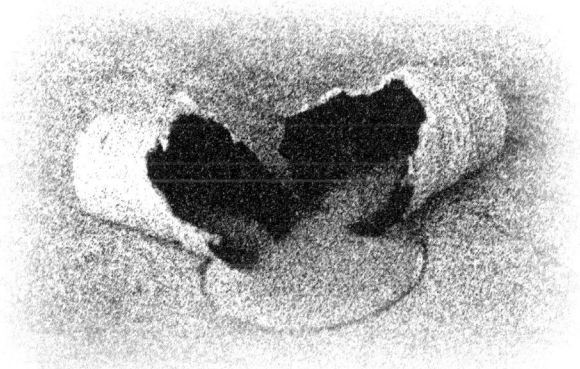

FLINKE KLETTEREI

Die schummerige Straßenbeleuchtung konnte den *Plaza Bismarck* nicht komplett ausleuchten und war daher ideal zum Dealen in der schönen Hafenstadt Valparaíso. Die Perle des Pazifiks war Gastóns Zuhause, soweit ein Straßenkind einen Ort so nennen konnte. Seit drei Jahren lebte er auf dem Dach des Hauses der lebensfrohen Maria. Ein wunderschöner Ausblick auf den Hafen und in der Nähe des *Ascensor Espíritu*, einer alten Seilbahn, die die Höhen der Stadt schnell überwand.

Vor Einbruch der Dämmerung erreichte Gastón den Plaza Bismarck und kletterte in den Baum neben den Säulen hinauf.

Hoffentlich hatte diese Art der Geldbeschaffung bald ein Ende, dachte Gastón. Er sparte jeden Peso für die Aufnahmeprüfung an der *Subvencionados*. Die staatlich geförderte Schule konnte das erneute Abrutschen auf die Straße verhindern.

Der alte Daniel war der Erste, der zwischen den Pfeilern mit den bunten Mosaiken stehenblieb, nickte und ihm dann ein Päckchen mit Geldscheinen zuwarf. Ausnahmsweise war er nicht so betrunken und seine Zielsicherheit war passabel, sodass Gastón nur mit einer kleinen Bewegung das Geldbündel fing und ihm das Marihuana zukommen ließ. Bis kurz vor Mitternacht konnte er mühelos seine Ware an den Mann bringen und auch an die Frau. Carmen war die Letzte. Sie schob ihren Einkaufswagen mit viel Lärm über den Platz. Gastón war sich sicher, bald die Aufmerksamkeit der Touristen zu bekommen, die in der *Avenida Alemania* durch die verruchten Kneipen zogen. Er verstaute gerade sein Geld in der Innentasche seiner Hose, da hörte er im Busch auf der anderen Seite des Platzes ein Rascheln, gefolgt von einem Stöhnen und einem dumpfen Aufprall. Mit den Augen suchte er die vermutete Stelle ab und meinte eine Gestalt unterhalb der Mauer liegen zu sehen. Sein Herz schlug schneller. Egal wer oder was dort lag, er wollte keinen Ärger mit der Polizei bekommen.

Geschickt und geräuschlos kletterte er den Baum hinunter und machte sich schnell auf den Weg zu der gegenüberliegenden kleinen Kirche. Plötzlich entdeckte Gastón im Schein einer Straßenlaterne Pablo auf einer Bank sitzend.

„Na Kleiner, so spät noch unterwegs?" Seine kinnlangen Haare hingen Pablo wirr im Gesicht. Trotz der Dunkelheit trug er eine Sonnenbrille. Gastón konnte seine eigene hasserfüllte Mimik in der Spiegelung der Gläser erahnen.

„Kann mich nicht beschweren. Nacht Pablo." Seine Stimme war ruhiger, als er selbst vermutete.

Er verabscheute Pablo. Er zwang Kinder und Jugendliche zu illegaler Arbeit, Drogenhandel und Prostitution. Wenngleich Gastóns Geldeinkünfte nicht legal waren, so hatte er nur ein Ziel: Zur Schule gehen und ein geregeltes Leben führen. Eine Möglichkeit, die seine Mutter nie hatte.

„Wohin des Weges?" Pablo stellte sich Gastón in den Weg.

„Pass auf du kleiner Pisser." Pablo packte Gastón am Arm. „Was hast du eben gesehen von deinem Bäumchen?" Sein Atem stank nach Alkohol und kaltem Rauch. An Pablos linker Hand entdeckte Gastón Blutspuren.

„Gar nichts Pablo! Ich schwöre es!"

Voller Häme erwiderte Pablo: „Auf wen? Auf deine heilige Mutter? Dieses Flittchen!"

Pablo hatte Gastóns Mutter Sofia in die Prostitution und Drogenabhängigkeit getrieben. Er machte sich ein Spiel daraus, Gastón bei jeder Möglichkeit zu provozieren.

Pablo zerrte Gastón mit festem Griff vorbei an der kleinen Kirche, weg von den Kneipen und Touristen. Ein lauter Knall ließ beide aufschrecken. Gastón spürte, wie sich der Griff lockerte. Sofort riss er sich los. Er rannte auf die nächstgelegene Mauer zu, die wie viele in der Stadt mit einem bunten Graffiti versehen war. Es stellte ein Mädchen mit strahlendem Lächeln vor dem Hintergrund der chilenischen Nationalfahne dar und gab Gastón den nötigen Energieschub. Auf der Mauer hockend konnte er sehen, dass es die betrunkene Carmen war, die Gastón die wertvollen Sekunden geschenkt hatte. Sie hatte ihren überfüllten Einkaufswagen samt Inhalt umgekippt.

Mit seinen 13 Jahren war Gastón unglaublich flink und ein Meister des Kletterns, der sich in den engen Gassen mühelos von Haus zu Haus bewegen konnte. Pablo jedoch war ein schneller Läufer, denn wer mit dem Gesetz nicht konform lebte, musste gelegentlich rasch verschwinden.

Gastóns Weg führte ihn nun durch Hinterhöfe, über Garagen und vorbei an den streunenden Straßenhunden, die stets auf der Suche nach Nahrung waren. Einige witterten eine Mahlzeit und folgten ihm. Seine Beine wurden schwächer.

Kurz vor dem *Ascensor Espíritu*, der in wenigen Momenten die letzte Fahrt antreten würde, kam er schneller als gewollt zum Stehen.

Pablos süffisantes Grinsen ekelte Gastón an.

„Du bist so durchschaubar. Wie deine Mutter." Pablo drehte dabei ein Messer in der Hand.

„Komm doch einfach mit zu mir. Wir sind eine große Familie." Pablos Lachen schallte furchteinflößend von den Wänden des Eingangs der Seilbahn zurück.

Es wurde still. Gastón hielt Pablos Blick stand. Er spürte, wie die aggressiven und von Hunger getriebenen Hunde sich näherten. Der intensive Geruch der köstlichen Salami von Maria in Gastóns Hosentasche stieg den abgemagerten Tieren in die Nase.

Gastón hatte nur diese eine Chance. Blitzschnell griff er in die Tasche seiner ausgefransten Jeans und warf den gierigen Hunden ihre Beute zwischen Pablos Beine. Gekonnt hangelte er sich über das Kassenhäuschen auf das Dach des *Ascensors*, welcher sofort losfuhr. Die Hunde stritten um ihre Mahlzeit und Pablo hatte Mühe sie abzuwehren. Mit dem alten Aufzug war Gastón schnell oben an der *Avenida Colón* angekommen und hörte noch dort Pablo fluchen.

In der Nacht ging bei der Polizei ein anonymer Hinweis auf eine verletzte Person auf dem *Plaza Bismarck* und einen mysteriösen Sonnenbrillenträger mit Blutspuren an der linken Hand ein. Dann sank Gastón auf dem Wellblechdach von Marias Haus erschöpft und erleichtert in den Schlaf.

Nach einem Jahr absolvierte Gastón die Aufnahmeprüfung an der *Subvencionados* und ergatterte einen Platz in dem angeschlossenen Wohnheim. Als Sozialarbeiter half er später den Kids auf der Straße. Seine große Leidenschaft blieb immer das Klettern.

OPAS JACKETT

Marie schlug die Hose aus bester Wolle in Seidenpapier ein und legte sie behutsam in den Karton. Ein kleiner Aufkleber mit *Maries Lädchen* verzierte die Verpackung. Die erste Bestellung seit Wochen.

Wann ist die Pandemie endlich vorbei, schoss es ihr durch den Kopf. So hatte ich mir den Start als Modedesignerin nicht vorgestellt.

Nach dem Studium an der angesehen Hochschule im benachbarten Maastricht, konnte sie sich ihren langhegten Traum erfüllen - ein eigenes Modeatelier in ihrer Heimatstadt Aachen. Ihre Eltern waren skeptisch gegenüber ihren Zukunftsplänen, nur Opa Paul hatte immer seine chaotische Enkelin unterstützt. „Ming Mädche, du schaffst dat!", hatte er stets auf Öcher Platt gesagt.

Marie wurde aus ihrem Tagtraum gerissen, als das Glöckchen der Ladentür klingelte. Axel stürmte herein – ohne Maske.

„Ich hab's!", rief er. Zog ihren Mundschutz herunter und drückte ihr einen Kuss auf den Mund.

„Schatz, leg bitte eine Maske an." Marie sah ihn an.

„Wir sind ein Haushalt, Mrs Oberkorrekt", entgegnete er genervt.

„Bitte!" Diese ewigen Diskussionen, ich bin es leid. Ein Bußgeld kann ich mir nicht leisten. Der Onlineshop deckte so gerade die monatlichen Unkosten.

Widerwillig setzte Axel ebenfalls seine FFP2-Maske auf. „Wo willst du dieses Jahr Urlaub machen?" Er schaute sie an.

„Hast du einen Impftermin bekommen?", fragte Marie.

„Besser!" Stolz hielt er die gelben Heftchen hoch und schlug die Seite mit den zwei Stempeln auf.

„Wo hast du die her? Sind das Fälschungen?" Marie war entsetzt.

„Entspann dich, die Quelle ist safe", sagte Axel.

„Du hattest mir versprochen, dich nicht auf sowas einzulassen." Ihre Augen füllten sich mit Tränen. Er macht mir Angst.

„Jetzt kommt wieder: ‚Du hast dich so verändert!'" Axel äffte seine Freundin nach.

Marie sank auf Opas Sessel. Wo war der lebensfrohe Mensch, in den ich mich vor fünf Jahren verliebt habe? Der gewissenhafte Mann, der mit seinem rationalen Denken Klarheit in mein ordnungsloses Leben gebracht hatte?

„Ich verstehe dich nicht. Du willst doch auch, dass die Kunden dir die Bude einrennen. In Urlaub fahren!" Axels Stimme wurde lauter.

„Natürlich, aber doch nicht um jeden Preis!", entgegnete Marie erschöpft.

„Ach, mach doch deinen Mist allein! Hier -", er warf den Impfausweis auf diverse Stoffreste und ging zur

Ladentür, „mach was du willst!" Das Glöckchen hallte nach.

Die Tage rauschten dahin. Axel saß jeden Tag im Arbeitszimmer ihrer Dreizimmerwohnung, eine Videokonferenz nach der anderen. Marie ging früh ins Atelier, kam spät nach Hause. Jeden Tag das Gleiche. Seit ihrem Streit sprachen sie wenig miteinander. Den gefälschten Impfausweis hatte Marie kommentarlos auf Axels Schreibtisch gelegt.

„Kommst du morgen mit zu Opas Grab?", fragte Marie an einem Freitagabend.

„Weiß noch nicht", antwortete Axel, ohne sie anzuschauen.

Der niederschmetternde Anruf des Krankenhauses vor einem Jahr, kam schneller als erwartet. Das Corona-Virus hatte Marie ihren größten Fan genommen.

Er weiß genau, wie viel es mir bedeuten würde. Opa hatte ihn gemocht.

Der nächste Morgen war grau. Axels Betthälfte war leer. Vielleicht hatte er Frühstück gemacht? Eine Entschuldigung? Die Wohnung war still. Auf dem Küchentisch lag ein Zettel.

Sorry, ich musste weg. Hier sind 20 Euro für Blumen. Bis heute Abend, Kuss.

Marie hielt den Geldschein in der Hand. Sie war enttäuscht. Und verletzt.

Allein fuhr sie zum Friedhof, kaufte Opas Lieblingsblumen und stand lange vor seinem Grab. Nur die Sonnenblumen leuchteten an diesem Tag.

Auf einem Selfie vom gemeinsamen ersten Urlaub auf Kreta, strahlen sie beide in die Kamera. Marie klappte das Fotobuch zu und stellte es zurück ins Regal.

Der Tag war zähfließend dahingekrochen. Im Fernsehen kamen bereits die 20 Uhr Nachrichten. Schon so spät?

Im ersten Beitrag wurde über eine Demonstration in Kassel berichtet. Tausende *Querdenker* hatten sich dort versammelt. Diese Gruppierung wurde immer größer.

Marie schüttelte den Kopf. Opas Tod hatte ihr die Grausamkeit dieser Pandemie vor Augen geführt. Das Virus fragte nicht nach, riss Schwache mit sich, ohne Rücksicht. Da gab es nichts zu leugnen.

Die Berichterstattung zeigte Demonstranten, die auf die Polizei losgingen. Schlägereien entwickelten sich. Kamerateams und Reporter wurden angegriffen. Da! Marie stockte der Atem. Sie krallte sich in den Sofakissen fest. Da war Axel! Er hatte einen Kameramann samt Ausrüstung zu Boden geworfen und rannte davon. Nein! Was tut er da? Marie hielt sich schockiert die Hand vor den Mund. Sobald sie wieder bei Sinnen war, tippte sie mit zitternder Hand Axels Nummer in ihr Handy. Mailbox. Mist!

Stunden vergingen. Mitternacht. Es war still. Marie saß auf der Couch. Sie fror. Hatte keine Energie sich zu zudecken.

Sie musste eingenickt sein. Das Geräusch der Wohnungstür, die ins Schloss fiel, weckte sie auf.

„Schatz?", rief Marie in die Stille.

Axel war ins Schlafzimmer verschwunden und zerrte seine Sporttasche aus dem Kleiderschrank. Er warf Klamotten hinein.

„Was ist los?" Marie stand im Türrahmen.

„Ich muss ein paar Tage weg. Alles gut."

„Bitte? Ich habe dich in den Nachrichten gesehen! Warum warst du bei dieser Demo? Teilst du etwa deren Ansichten?" Zaghaft näherte sie sich Axel.

„Ja verdammt, das tue ich!" Axel drehte sich wutentbrannt zu ihr um, packte sie fest am Arm. „Du willst wissen was mit mir los ist? Ich hab kein Bock mehr auf das brave Benehmen, nur machen was man darf! Ich will mein Leben zurück, meine Freiheit!" Er stand nun dicht vor Marie. Sie spürte seinen hektischen Atem.

„Sagst du das zu mir? Oder zur Gesellschaft?" Da war sie. Die noch nicht ausgesprochene Wahrheit. Marie sah, wie ihre Worte Axel mitten ins Gesicht getroffen hatten. Bisher hatte Axel nie über seine neue gesellschaftliche Meinung gesprochen. Jetzt erkannte Marie, wie er sich ein Ventil für seinen angestauten Frust gesucht hatte.

„Du hast keine Ahnung von mir!" Er riss die Sporttasche vom Bett und ging zur Wohnungstür. „Ich bin weg. Keine Ahnung wie lange. Mach's gut."

Versteinert blieb Marie im Schlafzimmer zurück. Sank an der Tür des Kleiderschrankes zu Boden und weinte. Lange.

Zwei Wochen waren vergangen. Ihr altes chaotisches Gen nahm wieder Überhand. Die erste Abrechnung ohne Axel hatte sich als Desaster entpuppt. Marie hatte all ihre Energie in ihr *Lädchen* gesteckt. Dank eines Interviews mit einem lokalen Radiosender hagelte es Aufträge. Die neue Kollektion kam gut an. Das Jackett, das sie nur für ihren Opa entworfen hatte, bildete nun den Mittelpunkt ihres Schaufensters. Das einzige Stück für Herren in ihrer Kollektion. Auf social media bekam sie viele positive Einträge und immer mehr Follower.

Sie wollte gerade ihren Laptop ausschalten, als das Signal einer neuen E-Mail erklang. Sie kannte den Absender und hielt die Luft an.

Ich kann dir alles erklären und vielleicht kannst du mich dann verstehen.

Der Eingang ihrer Bestellungen ploppte auf. Bestellte Ware: Jackett *„Paul"*, Anzahl 1. Kommentar: *Bitte gib mir eine Chance!*

Maries Finger schwebten zögernd über der Tastatur, bevor sie antwortete. *Ich brauche dringend Hilfe bei der Buchhaltung. Und ich brauch Zeit, dir zu verzeihen. Ich liebe dich aber immer noch, du Idiot! Treffen wir uns morgen an unserem Lieblingsplatz? M.*

Sie setzte Axels Bestellung auf *in Bearbeitung*.

A LAND DOWN UNDER

Lizzy beobachtete mit Sorge die grauen Wolken, die sich in der Ferne aufbauten. Die Buschbrände hatten dieses Jahr früher als gewöhnlich eingesetzt. Die anhaltende Dürre mit den heißen Winden war zeitweise unerträglich.

„Rob, was sollen wir tun?", Lizzy schaute ihren Mann an. Ihre aufkommende Verzweiflung konnte sie nicht länger verbergen.

Lizzy dachte daran, wie Rob hier monatelang geschuftet hatte. An diesem Ort hingen so viele Erinnerungen.

„Ich glaube, wir müssen bald hier weg", sagte Rob kapitulierend.

Lizzy setzte sich auf den großen Schaukelstuhl auf der Veranda und verbarg ihr Gesicht in den Händen. Der zunehmend beißende Qualm stieg in ihre Nase.

Mit einem plötzlichen Ruck schaute Lizzy ihren Mann an. „Dann müssen wir aber die Koalas mitnehmen!", rief sie. „Das kleine Joey ist doch erst wenige Wochen alt!" Ihre Stimme wurde panisch.

Lizzy erinnerte sich, wie sie vor einem Monat ein Koala-Weibchen in einem ihrer Eukalyptusbäume entdeckt hatte. Schnell ist Lizzy klar gewesen, dass die Mutter nicht allein war. Das Jungtier, Joey, hatte Lizzy verschlafen aus dem Beutel am Bauch der Mutter angeschaut.

Diese Idylle wurde nun getrübt. Der Wind schob die Rauchschwaden immer näher in ihren Garten. Ein beginnender Reizhusten zeigte, dass die Luft allmählich schlechter wurde.

„Ok Darling, schnapp dir die Koalas. Ich hole unsere Taschen und mache das Haus zu!", rief Rob.

Lizzy zögerte nicht.

Glücklicherweise hatten sich die Beuteltiere einen niedrigen Platz in einem der Bäume ausgesucht, sodass Lizzy die Koala-Mutter schnell und geschickt in eine Decke wickeln konnte.

Na, da kommen mir die Jahre als ehrenamtliche Mitarbeiterin im Koala-Hospital wirklich zugute, dachte Lizzy. Das Koala-Weibchen grub ihre Krallen durch die Decke in Lizzys Arm und schrie. Lizzy zuckt zusammen, ließ sich aber nicht beirren.

„Vertrau mir bitte, ich möchte dir und deinem Kleinen nur helfen", flüsterte sie dem Koala-Weibchen zu, während sie sich im Laufschritt zum Auto bewegte. Dort hatte Rob schon das Nest für die Beuteltiere vorbereitet. Die Rücksitzbank glich einer grünen Oase und der gesamte Wagen war vom Duft der Eukalyptuszweige erfüllt. Widerwillig ließ sich die Koala-Mutter in die aus Decken ausgekleidete Kiste setzen. Sie beobachtete aufmerksam die neue Umgebung.

„Versucht euch zu beruhigen. Euch passiert nichts."
Lizzy drapierte das Futter der Tiere in deren Reichweite
und schloss die Tür der Rücksitzbank.

Lizzy konnte nicht hinschauen, während ihr Mann
das Auto in Richtung des Highways lenkte. Wie erstarrt
fühlte sie sich.

„Ich baue uns ein neues Haus. Auch mit Pool," Rob
stockte, „so hast du es dir immer gewünscht."

Sie sah wie seine Hände am Lenkrad zitterten.

Sie folgten der Autoschlange in Richtung des
Highways A1. Die Koalas saßen inzwischen ruhig und
dösend auf dem Rücksitz. Dieses zauberhafte Bild
passte nicht zu der Naturkatastrophe, die sich außerhalb
des Autos abspielte, dachte Lizzy. Der Qualm wurde
dichter. Sie beobachtete wie aus allen Straßen und Haus-
einfahrten Autos einbogen, um den Flammen zu entkommen.

Oh man, hoffentlich macht die Klimaanlage mit. Sie
rieb ihre verschwitzen Hände an ihren Shorts ab.

„Jetzt sind wir diejenigen, die man in den Nachrichten sehen kann." Lizzy hielt sich vor Entsetzen die Hand
vor den Mund.

Menschen rannten über die Straße, ein Mann saß auf
einem Pferd und eine vierköpfige Familie verbarrika-
dierte ihr Haus mit Brettern.

Wie in einem Horrorfilm fühlte sie sich in dieser Sze-
nerie.

„Meinst du wir schaffen es noch bis Harrington?" Sie
wollte gar nicht so panisch klingen.

„Bestimmt", antwortete Rob.

„Es sind fast 42 Meilen!", rief Lizzy. Sie beugte sich nach vorne, legte den Kopf zwischen ihre Knie und raufte sich die Haare. „Bitte, ich will nicht hier sterben!"

Die Koala-Mutter brüllte nun von der Rücksitzbank. Sie rüttelte mit ihren Vorderbeinen an der Kiste, in der sie mit ihrem Joey saß.

„Lizzy, bitte! Bleib ruhig, wir müssen uns konzentrieren!" Sie sah Robs angespannte Miene. „Glaub mir, ich will hier auch nicht bei lebendigem Leib verbrennen. Deswegen müssen wir einen klaren Kopf bewahren." Rob lenkte das Auto nun endlich auf den Highway.

„Ich kann kaum noch die Straße erkennen bei dem Rauch." Lizzy verkrampfte immer mehr ihre Augen.

Im Landesinneren leuchteten die ersten sichtbaren Flammen auf.

Lizzy beobachtete nun zu beiden Seiten ein paradoxes Bild. Wunderschöne Strände mit seichten Wellen in östlicher Richtung und tobendes Feuer mit peitschenden Winden im Westen des Küstenhighways. Hoffentlich wache ich bald aus diesem Alptraum auf, fuhr es ihr durch den Kopf.

Im Radio wurde berichtet, dass die Feuerwehr versuchte mittels Backburning das Feuer mit seiner eigenen Macht zu bekämpfen.

„Bei dem Wind, kein Wunder, dass das Backburning ohne Erfolg bleibt", sagte Rob. „Wenn ich da an meine Zeit bei der freiwilligen Feuerwehr denke."

„Oh ja, wie oft hatte ich Angst um dich!" Lizzy war froh, dass Rob seinem Ehrenamt nicht mehr nachging.

Im Rückspiegel erkannte Lizzy, dass sich das Koala-Weibchen beruhigt hatte. Ihr Joey lugte aus dem Beutel hervor.

Der Verkehr kroch wie zähfließender Honig langsam über den glühend heißen Asphalt entlang.

Lizzy und Rob sprachen kaum ein Wort in der nächsten Stunde. Die Berichte im Radio überschlugen sich. Der Highway A1 war im südlichen Teil vor Newcastle gesperrt. Das Feuer hatte dort alles eingenommen.

„Wir gehen in Harrington aufs Boot", sagte Rob.

„Und die Koalas?" Lizzy kannte das große Herz ihres Mannes.

„Die nehmen wir mit", sagte er und schaute sie liebevoll von der Seite an.

Im letzten Moment erkannte Rob im dichten Qualm die Abzweigung nach Harrington. Sein Vater hatte ihnen dort ein kleines Fischerboot hinterlassen. Hin und wieder nutzen sie es für Ausflüge mit Freunden. Heute sollte es ihre Rettung sein.

Der Rauch ließ nicht erahnen, welch wunderschöner Ort sich hier verbarg. Rob lenkte den Wagen im Slalom durch die Hindernisse, die wie aus dem Nichts auftauchten und hielt am Rande des Waldes an.

„Pass mit der Tür auf beim Öffnen", sagte Rob, bevor er selbst ausstieg. Mit Mühe drückte er die Tür wieder ins Schloss und rannte in Richtung des Bootanlegers. Lizzy erkannte Tom. Er wohnte, seit sie denken konnte, hier.

„Gott steh uns bei!", sagte Lizzy. Bevor auch sie ausstieg, band sie sich ein Tuch vor Nase und Mund, damit sie nicht zu viel Staub einatmete. Durch die Fensterscheibe konnte Lizzy sehen, wie die Koala-Mutter in Panik geriet. Das vorhin noch so ruhige Beuteltier hämmerte mit den Vorderpfoten gegen das Fahrzeuginnere. Lizzy versuchte beruhigend auf sie einzureden. Die Lautstärke des Windes machte es unmöglich.

„Tom, wie schön dich zu sehen", schrie Lizzy gegen den Sturm an. Rob und er hatten sich ihren Weg zu ihr gebahnt. Die Männer luden die wenigen Habseligkeiten aus dem Kofferraum, um das Boot damit zu beladen.

Lizzy konnte sehen, wie die Koala-Mutter die Umgebung begutachtete. Blitzschnell kletterte sie mit ihrem Jungtier über den Rücksitz durch die offene Heckklappe. Lizzy stemmte sich gegen den Sturm. Sie reckte ihre Arme den Koalas entgegen. Unter ihren Fingerspitzen spürte sie noch das weiche Fell des Weibchens, bevor die Koala-Mutter mit ihrem Joey im anpeitschenden Sturm verschwand.

„Bitte bleib hier!", rief Lizzy verzweifelt. „Hier seid ihr in Sicherheit!"

Hände umfassten Lizzy von hinten. Es war Rob.

„Was ist los? Wo sind die Koalas?" Er nahm seine Frau in den Arm.

„Weg", sagte Lizzy resignierend.

„Los, gehen wir ins Haus", rief Tom gegen den Lärm der Naturgewalten.

„Wir können die zwei doch nicht ihrem Schicksal überlassen!", rief Lizzy voller Entsetzen.

Die Männer gingen nicht auf sie ein.

In der kleinen Küche nahm Lizzy das Tuch vom Gesicht und trank das Wasser, welches Tom ihr bereitgestellt hatte.

„Bleibt mit dem Boot so lange am Anleger, wie möglich. Die Wellen sind ordentlich", sagte Tom. Sie aßen gemeinsam, während der Sturm unermüdlich um Toms Haus fegte.

Als sie in der kleinen Koje schaukelten und Lizzy in Robs Arm ihren Tränen freien Lauf ließ, konnte sie nicht fassen, was heute passiert war.

„Rob, wir haben alles verloren."

„Wir haben uns. Das ist das Wichtigste." Er streichelte ihr über den Rücken. „Versuch etwas zu schlafen."

Die Angst vor den Flammen und die Sorge um die Koala-Mutter mit ihrem Jungen da draußen, ließen sie nicht los.

Wildes Klopfen riss beide aus einem unruhigen Schlaf. Rob hastete an Deck. Es war mitten in der Nacht. Lizzy spürte in der Koje eine starke Hitze. Und es war hell. Zu hell!

„Lizzy, komm her!", rief ihr Mann von oben. Sie war sofort bei ihm und begann hektisch das Boot mit seinen Seilen vom Steg zu lösen.

„Tom, beeil dich!", rief Rob seinem Freund zu. Tom lief zwischen dem Haus und dem alten Fischerboot hin und her. Er warf kopflos Gegenstände und Wasserkanister auf das Boot.

Der Wald brannte lichterloh. Die Hitze rollte wie eine Lawine auf sie zu. Eine unglaubliche Gewalt kündigte sich an, die keine Fehler verzieh, keinen falschen Schritt zuließ und sich gnadenlos alles nahm, was sich ihr in den Weg stellte.

Rob wartete mit laufendem Motor, bis Tom auf das Boot aufgesprungen war. Sofort fuhren sie hinaus aufs Wasser. Auch aus größerer Entfernung spürten die drei Freunde die Hitze auf ihrer Haut. Still und hoffnungslos schauten sie sich das Inferno an.

„Das werden die Koalas nicht überleben." Lizzy konnte den Blick nicht von den Flammen abwenden.

In der Ferne sahen sie weitere Boote auf dem Wasser. Menschen, die dem Feuer entkommen waren und alles zurückgelassen hatten.

Der Verklicker am Boot zeigte die Windrichtung. Rob beobachtete es, während er das Boot auf Position hielt.

„Der Wind dreht", sagte er zaghaft.

„Bist du sicher?", fragte Tom.

Er bangt genau wie wir um sein Haus, dachte Lizzy.

Ganz seicht drehte der Wind. Das Feuer machte vor dem Fischerhaus Halt.

So standen sie Stunden auf dem Boot und beobachteten wie die Flammen alles zerfetzten, was nicht fliehen konnte.

Bei Einbruch der Morgendämmerung hörten sie die Sirenen der Feuerwehr. Weitere Stunden vergingen. Sie reichten sich die Wasserkanister und teilten die Nahrungsmittel, die verblieben waren.

Die Flammen waren erloschen. Glut glimmte zwischen den schwarz verkohlten Baumstämmen. Endlich wurde die Feuerwehr sichtbar.

„Ich denke, die Jungs haben das Gebiet gesichert. Kommt", sagte Rob, „steuern wir wieder an Land."

Zurück am Anlegesteg, sprang Tom als erster vom Boot. Sie begutachteten alles. Sein Zuhause war verschont geblieben. Ihr eigenes Auto stand ausgebrannt wie ein Mahnmal vor dem verbrannten Wald.

Lizzy hielt sich die Hand vor den Mund. Rettungssanitäter vergewisserten sich, dass es allen gut ging. Körperlich waren alle unversehrt.

Der Einsatzleiter der Feuerwehr bestätigte, dass der Highway wieder befahrbar sei.

„Ich bringe euch nach Hause", sagte Tom.

„Falls es das noch gibt." Rob rieb sich die Hände über sein Gesicht.

Lizzy spürte einen Stich ins Herz. Immer war ihr Mann positiv gestimmt. Ihn jetzt so zu sehen, schmerzte zusätzlich.

Lizzy saß auf der Rücksitzbank von Toms Pickup. Wie lange es wohl dauern wird, bis die Natur sich davon erholt hat, schoss es ihr durch den Kopf.

Da! Was ist das? Ein Ruck ging durch ihren erschöpften Körper. Nein, bitte lass es nicht...

„Stopp!", schrie sie und riss gleichzeitig die Tür auf. Sie rannte durch die ausgebrannte Landschaft auf einen Baum zu und hielt davor an. Rob und Tom waren ihr gefolgt.

„Nein!" Sie sank auf die Knie. Mit zitternden Händen griff sie nach einem verkohlten grauen Fellbündel. Sie schrie und weinte. „Warum?"

Auch die beiden Männer hielten ihre Tränen nicht zurück. Sie schluchzte, ihr Brustkorb hob und senkte sich hektisch.

„Warum?"

Geschätzt sind während den Buschbränden 2019 in Australien 50.000 Koalas ums Leben gekommen. Mehr als 3000 Menschen verloren ihr Zuhause. Der australische Sommer 2019/ 2020 geht als der Black Summer mit den heftigsten Buschbränden in die Geschichte ein.

WENN DIE SONNE KURZ UNTERGEHT

Es ist, als ob der Boden unter mir wegbricht. Ein Gefühl von Schwerelosigkeit kommt in mir hoch. Meine Ohren fühlen sich an, als wären sie in Watte gepackt. Die Geräusche um mich herum nehme ich nur dumpf wahr. Der Boden wird wackelig und ich spüre, wie ich mich nicht mehr halten kann. Die Dunkelheit legt sich wie ein schwarzer schwerer Mantel über mich. Ganz seicht gleite ich in diesen Zustand und weiß auch nicht, wie lange er angehalten hat. Als ich die Augen wieder öffne, fühle ich das unendliche Dröhnen in meinem Kopf. Ein wahnsinniger Schmerz, der mich sofort ins Hier und Jetzt zurückholt. Ich rapple mich in den Sitz hoch und lehne mich an die kalte Wand im Flur an. Meine Hände zittern und eine enorme Erschöpfung überkommt mich. Mit einem lauten Stöhnen schaffe ich es, mich komplett aufzurichten und gehe, mich an der Wand entlang tastend, in Richtung Schlafzimmer. Den geöffneten Brief lasse ich auf dem Boden liegen. Ich habe jetzt keine Kraft mehr, mir das ganze nochmal durchzulesen. Nicht heute.

Es ist bereits dunkel draußen und ich will nur noch schlafen. Oder viel lieber noch, ganz weit weg sein. Den letzten Rest aus der Wasserflasche neben meinem Bett trinke ich zu hastig und verschlucke mich. Es schmeckt abgestanden. Aber das ist mir egal. Ein wenig dauert es noch, bis ich in einen unruhigen und wenig erholsamen Schlaf sinke.

Ich werde am nächsten Morgen noch vor dem ersten Klingeln des Weckers wach. Es dämmert und die Vögel zwitschern. Mein Magen meldet sich. Wenigstens habe ich Hunger, ein gutes Zeichen, wie ich finde.

Auf dem Weg in die Küche hebe ich den Brief vom Boden auf und lege ihn auf den Küchentisch. Während der Tee seine drei Minuten zieht, lese ich mir das Schreiben noch einmal durch.

„Daher teilen wir Ihnen mit, dass mit 99,99% Wahrscheinlichkeit keine Übereinstimmung der uns vorliegenden DNA-Tests besteht. Eine Vaterschaft ist somit zu 99,99% ausgeschlossen."

Diesmal schaffe ich es, den Satz laut vorzulesen. Gleich mehrmals hintereinander. Ich nippe an meinem Tee und verbrenne mir die Zungenspitze. Ein Gefühl hat mir gesagt, dass das Ergebnis so ausfallen wird, es jedoch schwarz auf weiß vor mir zu haben, ist wie ein Schlag ins Gesicht.

Ich beschließe nicht dort weiterzumachen, wo ich gestern aufgehört habe. Die Heulerei bringt mir außer Kopfschmerzen, aufgequollener Augen, nur noch mehr Falten. Ich habe es geahnt und jetzt weiß ich es sicher.

Was bringt mir das? Gewissheit. Wollte ich haben. Nun habe ich sie und fühle mich schlecht. Toll!

Ich nehme mein Handy und tippe hektisch eine Nachricht. Romy hat gestern Abend noch versucht, mich zu erreichen. Wir verabreden uns für heute Abend. Wie soll ich nur diesen Tag überstehen? Bei dem Gedanken an die Präsentation, die ich heute halten muss, wird mir übel.

Ein mickriges Frühstück und eine Dusche später, fühle ich mich wieder zur Hälfte wie ich selbst. Die andere Hälfte ist seit gestern Abend abhandengekommen.

Es ist, als hätte mir die Gewissheit des Vaterschaftstests eine Körperhälfte gestohlen. Mir gehen so viele Momente mit Hanno durch den Kopf. Nie hätte ich gedacht, dass der Mann, der mir an meinem ersten Schultag die aufgeschlagenen Knie mit den bunten Pflastern verarztete, nicht mein Vater sei. Wie er mich auf dem Spielplatz immer auf die große Schaukel setzte und mich unermüdlich anschob. So hoch, bis ich den blauen Himmel berühren konnte. Die starke Hand, die mich am Arm gepackt hatte, bevor ich mit dem Fahrrad umkippte. Der Mann in meinem Leben, auf den ich mich blind verlassen konnte. Mein Fels in jeder Brandung.

Ist er jetzt nicht mehr mein Anker, nur weil unsere Gene nicht identisch sind?

Nachdem ich es geschafft habe, mich so aussehen zu lassen, als hätte ich Ahnung von meinem Job, hetze ich die Treppen meiner Altbauwohnung herunter. Ich haste zu dem Parkhaus auf der anderen Straßenseite, in dem ich einen Stellplatz für meinen alten Nissan Micra ergattert habe. Flingern ist wirklich ein schönes Viertel zum Wohnen in Düsseldorf. Die Parksituation jedoch ist katastrophal. Natürlich war es Hannos Idee, die grüne Knutschkugel dort unterzubringen. Die pure väterliche Fürsorge. Mir wird warm und kalt zugleich.

Während ich in Richtung Büro fahre, schiebe ich die Gedanken an Hanno zur Seite. Ich muss mich auf den heutigen Tag konzentrieren, sonst kann ich mir meine Beförderung in meine wohlfrisierten Haare schmieren und mich später aus Frust mit Romy betrinken. Vielleicht mache ich das trotzdem. Alkohol ist manchmal doch eine Lösung.

Genervt und verschwitzt vom Berufsverkehr parke ich mein grünes Wunder auf vier Rädern direkt vor dem Firmengebäude. Es hat Vorteile schlecht zu schlafen. Ich bin so früh unterwegs wie sonst nie und nur wenige der heißbegehrten Parkplätze in der ersten Reihe sind noch frei.

Normalerweise starte ich meinen Arbeitstag um 9 Uhr in den heiligen Hallen des Düsseldorfer Kosmetiktempels. So kann ich gleich mit meiner Kollegin Laura in die Frühstückspause fliehen. Doch heute lasse ich mich mit dem Fahrstuhl direkt in den 18. Stock befördern, um dort alles für meine Präsentation vorzubereiten.

Verwundert stelle ich fest, dass der Konferenzraum, den ich vor zwei Tagen noch hektisch reserviert habe, nicht verschlossen ist. Zum ersten Mal an diesem furchtbaren Morgen muss ich lächeln. Meine liebe Bürokollegin Laura hat bereits die Getränke aus der Kantine geholt und arrangiert die kleinen Flaschen und den Kaffee auf dem großen Konferenztisch. An die Kekse und das Obst hat sie auch gedacht.

„Süße, wie gut, dass du schon da bist. Ich bin so aufgeregt." Laura strahlt mich mit ihren leicht geröteten
Wangen an.

Ich lege meine schwere Tasche auf den Tisch, gehe auf
sie zu und nehme sie fest in den Arm.

„Ist alles in Ordnung mit dir? Tina, so kenne ich dich
gar nicht. " Laura schaut mich aus ihren grünen Augen
fragend an.

„Ja, du hast Recht. Aber ich muss dir einfach Danke
sagen, dass du mich so unterstützt. Das ist großartig."

„Das mache ich gerne. Wenn du dann erstmal eine
Etage höher sitzt, bekommst du die schönen Produkte.
Und ich nehme alles, was du nicht willst."

Sie lacht über ihren eigenen Witz. Ich bewundere
Laura, die alleinerziehende Mutter von Zwillingen, die
vier Monate nach der Geburt sitzengelassen wurde von
ihrer Jugendliebe Andreas. Niemals verliert sie ihren
Optimismus und ihr Lachen.

„Danke Laura. Ich komme nun allein zurecht. Wie
wäre es mit Pizza am Sonntag mit den Kids bei Don Alf-
redo?"

Ich kenne die Antwort und freue mich schon jetzt auf
den Sonntag mit Laura und ihre quirligen Zwillingen
Anton und Edda.

Laura gibt mir einen Kuss auf die Wange, tänzelt in
Richtung Tür und drückt die Daumen zusammen.

Wenige Minuten vor 9 Uhr füllen sich die ersten
Stühle. Meine Hände sind feucht und schwitzig, mein
Herz klopft, aber ich bin hellwach und möchte nun end-
lich in die Höhle des Löwen.

Mein Vorgesetzter Herr Kramer kommt als Letzter.
Wie immer. Er braucht seinen eigenen Auftritt und muss

mir nochmal demonstrieren, was er von mir hält. Erstaunlicherweise motiviert mich sein gleichgültiger Gesichtsausdruck und seine gelangweilte Körperhaltung auf der anderen Seite des Besprechungstisches.

„Frau Ehrlinger, wir sind bereit, wann immer Sie es sind." Mit einem widerlichen Lächeln auf seinem speckigen Gesicht, eröffnet Herr Kramer die Runde.

„Herzlichen Dank für die einführenden Worte, Herr Kramer."

Der CEO schmunzelt und nickt mir ermutigend zu. Die nächsten zwei Stunden erkenne ich mich selbst nicht wieder. Mein Konzept zur Prozessoptimierung scheint mit jeder Folie meiner Präsentation weitere Zustimmung zu erhalten. Jeder Anwesende verfolgt die zahlreichen praktischen Fallbeispiele und sieht sich darin wieder. Das gesamte Bild, der bisher sehr grauen Methoden unserer Firma, bekommt Farbe und der frische Wind, der durch den Raum weht, kann sogar Herr Kramers Mimik aufhellen.

Nach zwei Stunden beende ich meine Präsentation. Zufrieden stelle ich fest, dass mich noch alle anwesenden Augenpaare konzentriert und mit voller Aufmerksamkeit fixieren. Ein kräftiges Klopfen auf die Tischplatte bestätigt mein Gefühl und ich kann mich entspannt auf die nun folgenden Gespräche mit der Geschäftsführung einlassen.

Der restliche Tag rauscht an mir vorbei. Laura löchert mich mit Fragen und hüpft beim Mittagessen ganz aufgeregt auf ihrem Stuhl hin und her. Zwischen zwei Terminen, in denen ich nur körperlich anwesend bin, schaue ich auf mein Handy. Eine Nachricht von Romy, in der sie unser Treffen in der Altstadt bestätigt und eine von Hanno. Sofort ist dieses beklemmende und leere Gefühl von heute Morgen wieder da. Wie soll ich ihm das nächste Mal gegenübertreten? Was soll ich sagen? Was wird er sagen? Ich habe Angst. Pure Angst, Hanno zu verlieren. Ein Leben ohne diesen gutmütigen Menschen kann ich mir nicht vorstellen.

Früher als sonst beende ich meinen Arbeitstag. Lauras Platz ist bereits leer. Sie hat das Büro im Eilschritt verlassen, um die Zwillinge in der Kita abzuholen. Als ich im Fahrstuhl stehe, spüre ich, dass mein Handy vibriert. Es ist Hanno. Ich kann nicht mit ihm sprechen, noch nicht.

Noch bevor ich durch die gläserne Drehtür am Firmeneingang gehe, sehe ich ihn draußen stehen. Mit einer Sonnenblume in der Hand, lehnt Hanno an meinem Auto. Bei seinem liebevollen Lächeln bricht alles aus mir heraus. Ich haste durch die Drehtür, lasse meine Tasche fallen und laufe auf ihn zu. Ohne Worte nimmt er mich in die Arme und drückt mich fest an sich. Seinen Geruch sauge ich tief in mich hinein. Die Mischung aus seinem Aftershave und dem Pfeifenduft begleiten mich mein ganzes Leben und gibt mir ein Gefühl von einem sicheren Zuhause.

Hanno nimmt mein Gesicht in beide Hände. „Ich weiß, dass du das Ergebnis bekommen hast. Du hast gestern Abend nicht angerufen. Tina, bitte glaub mir, dass du immer mein kleines Mädchen bist und ich dich liebe wie meine eigene Tochter." Seine Stimme zittert und ich lege meinen Kopf in die Kuhle zwischen Hals und Schulter.

„Mama hat viele Geheimnisse nicht geteilt und mit sich genommen." Mein Atem beruhigt sich langsam. „Ich hab dich lieb."

Der plötzliche Tod meiner Mutter bei einem Autounfall vor vier Jahren kam ohne Vorwarnung und hätte auch beinahe Hannos Leben gekostet. Der Test für eine mögliche Nierentransplantation für Hanno ergab, dass ich nicht als Spenderin in Frage komme. Hier kamen meine ersten Zweifel, da viele Blutwerte keine Übereinstimmung hatten. Nach Wochen des Bangens und Hoffens, hatte sich das Schicksal entschieden, mir meinen Fels in der Brandung nicht zu nehmen. Seitdem sind Hanno und ich unzertrennlich. Ein Funke Ungewissheit blieb. So beschlossen wir vor zwei Wochen, einen DNA-Test durchzuführen. Ein Gefühlschaos begann.

Nun stehen wir hier und halten uns fest im Arm. Mein inneres Gleichgewicht stellt sich langsam wieder ein. Das Gefühl, diesen Halt im Leben zu haben, macht mich unendlich dankbar und glücklich. Es braucht nicht viele Worte, um zu wissen, dass sich zwischen Hanno und mir nichts ändern wird.

Nachdem alles nur so aus mir herausprudelt und ich Hanno mein gesamtes Herz ausgeschüttet habe, fühle ich mich leichter.

„Du solltest Romy nicht länger warten lassen. Ihr seid doch verabredet, oder?"

„Oh man, du hast Recht. Ich rufe sie gleich mal an. Sie hat bestimmt Verständnis, dass wir den Abend verbringen wollen."

„Wenn es in Ordnung ist, komme ich auf ein Alt mit und lasse euch danach allein. Wie wär's?"

„Noch besser." Ich kann dieses dümmliche Grinsen auf meinem Gesicht nicht abstellen. Wir steigen in meinen Nissan Micra und brausen los.

Romy hat eine der kleinen Bierbänke vor unserer Lieblingsbrauerei ergattert und winkt mir zu. Beim Näherkommen erkennt sie, dass Hanno dabei ist. Ihre Gedanken kann ich auf ihrem Gesicht förmlich lesen. Von Verwirrung, über ganz viele Fragen bis hin zu Freude, läuft der Film über ihr hübsches Gesicht. Sie drückt mich fest und sehr schnell haben Hanno und ich auch ein Altbier in der Hand. Es ist wie früher. Schon in unserer Jugend durfte Hanno oft bei uns sein und uns bei unserem nie enden wollenden Geplapper lauschen. Am liebsten würde ich die Zeit anhalten. Die Ungewissheit der letzten zwei Wochen hat sehr viel Energie gekostet. Das wird mir erst jetzt bewusst. Mit jedem Atemzug fühle ich mich leichter und erzähle den beiden von meiner Präsentation und dem nachfolgenden Gespräch mit dem CEO.

„Dann trinken wir auf deine baldige Beförderung." Hanno hebt sein Glas und ich sehe Tränen in seinen Augen. Tränen der Freude und des Stolzes. So kann nur ein stolzer Vater schauen.

DRECKIGER DENKZETTEL

„Frau Schreiber, Vorsicht!", schrie Rudi.

Maike zog im letzten Moment ihre Hand aus der Presse der Druckmaschine. Blitzschnell stand der junge Auszubildende neben seiner Chefin. Legte ihr die Hand auf den Rücken.

„Geht es Ihnen gut?", fragte er. „Sie wirken erschöpft."

Auf ihrer Stirn waren kleine Schweißperlen zu sehen, ihr Gesicht leichenblass. Maike rieb sich mit ölverschmierten Händen eine Haarsträhne zurück. „Danke Rudi."

Mit wackeligen Beinen ging Maike zu der kleinen Wendeltreppe. Sie führte hinauf zum Büro der Berliner Druckerei. Als sie an ihrem Schreibtisch saß, kamen ihr immer wieder die Bilder des gestrigen Abends hoch. Der Anblick des misshandelten Körpers ihrer Tochter hatte Maike den Boden unter den Füßen weggerissen. Charlottes sonst so quirlige Locken hingen ihr trostlos und ohne jeden Lebensmut ins Gesicht. Die aufgeplatzte

Lippe, das zerrissene rote Wollkleid und die eine Träne im linken Auge, die sich vor lauter Scham nicht traute, loszurollen.

Charlotte blieb tapfer und ließ auch die Untersuchung von Dr. Brandstetter über sich ergehen. Er wohnte nur eine Querstraße entfernt von der Druckerei, in dem noch immer in Trümmern liegenden Berlin. Zwei Jahre vor diesem schrecklichen Krieg, hatte Maike mit seiner Unterstützung Charlotte zur Welt gebracht.

„Frau Schreiber, unser kleiner Engel wurde Opfer eines Verbrechens." Er sprach mit ruhiger, warmer Stimme. „Mit diesem Bericht gehen Sie zur Polizei und erstatten Anzeige gegen unbekannt." Er unterschrieb seinen Befund und datierte ihn auf den 20. Oktober 1947.

„Nicht gegen unbekannt", entgegnete Maike.

„Wie meinen Sie das?", fragte er überrascht.

„Seitdem mein geliebter Alfred im Krieg gefallen ist, gibt es nur einen Menschen, der mir schaden möchte." In ihren Augen blitzte Hass auf.

„Karl Huber. Er war damals in der Partei, hat sich intrigant hochgearbeitet. In der Druckerei wollte er Alfreds rechte Hand sein, bis ich in die Firma miteinstieg. Als Alfred eingezogen wurde, übernahm ich die Leitung und da fing alles an."

Nach einer schlaflosen Nacht hatte Maike ihre Anzeige bei der Polizei gemacht. Der Polizist hatte den Bericht des Arztes gelesen und die Aussage der Mutter zu Protokoll genommen. „Machen Sie sich nicht zu viele Hoffnungen", sagte der Polizist und fügte mitfühlend hinzu: „Es tut mir leid. Ich habe auch zwei Töchter."

Maike verließ mit gestrafften Schultern das Polizeirevier. In dieser Zeit sich als Frau und Witwe durchzusetzen, war ein unerbittlicher Kampf. Aufgeben war für sie keine Option.

Nun saß sie im Büro und hörte Charlotte im Schlaf wimmern. Maike wollte ihre Tochter heute nicht allein in der Wohnung über der Druckerei lassen. Sie schenkte sich ein Glas Mampe Halb und Halb ein. Der hochprozentige Kräuterschnaps beruhigte ihren zitternden Körper.

Es klopfte an der Tür. Rudi trat ein. „Sie hatten mich rufen lassen?"

Rudi Steiner war vierzehn Jahre alt. Charlotte und er waren unzertrennlich und für jeden Kinderstreich zu haben. Als er seine zugerichtete Freundin auf dem kleinen Sofa sah, war er direkt bei ihr. Maike bat ihn, nicht von Charlottes Seite zu weichen. Voller brüderlicher Fürsorge nickte er. Auf seine Frage, wer die Tat begangen hatte, antwortete Maike: „Dem Geruch nach, der gestern an ihr klebte, kommt nur einer in Frage."

Maike nahm den letzten Schluck des Magenbitters und ging entschlossen raus auf den Balkon neben der Wendeltreppe. Von hier hatte sie den Überblick auf die gesamte Druckerei. Sie läutete die Glocke. Es wurde ruhig.

„Guten Morgen. Es gibt heute einen anderen Ablauf. Ich werde den morgendlichen Rundgang nicht selbst durchführen."

Gemurmel ging durch die Reihen. Maike hatte sich diese Arbeitsroutinen unter ihrer Leitung hart erarbeitet. Neben der Fachexpertise, die sie von Alfred gelernt hatte, war es ihre zupackende Art als Vorgesetze, die ihr den Respekt der ausnahmslos männlichen Belegschaft einbrachte.

„Bernhard, Sie leiten heute den Druck der Zeitung."
Der bescheidene Mitarbeiter nickte.

„Zudem brauche ich die kleine Presse für einen Spezialauftrag. Und Johann, kommen Sie bitte zu mir. Das wär's. Danke."

Johann, der Zeichner der Druckerei, humpelte mit seinem steifen Knie auf Maike zu. Sie erklärte ihm ihr Vorhaben und ignorierte dabei seinen verwirrten Blick.

„Ick möcht' aber keene Probleme mit der Polizei", stammelte er unsicher.

„Bekommen Sie nicht. Legen wir los."

In der Druckerei herrschte reges Treiben. Die kleine, schon fast ausrangierte Presse war am Anschlag. Maike und Johann ergänzten sich ohne Worte. Am Abend schaute Maike zufrieden auf den Stapel Flugblätter.

Sobald Charlotte bei Dr. Brandstetter in Sicherheit war, begannen Maike und Rudi, die Flugblätter rund um den Richardplatz zu verteilen. Mit Einbruch der Dunkelheit wurden sämtliche Häuser, Laternen und Bäume mit den druckfrischen Papieren versehen. Von der Henkerklause an der Ecke bis zum Brunnen in der Mitte des Platzes, nichts wurde ausgelassen.

Bei Sonnenaufgang stand Maike wieder am Richardplatz, versteckt in einem Hauseingang mit Blick auf die Henkerklause. Unter ihrem Mantel trug sie Alfreds Jagdgewehr.

Ah endlich, der Herr hat seinen Rausch ausgeschlafen, dachte Maike. Sie beobachtete, wie Karl Huber aus der Kneipe torkelte. Eines der Flugblätter wehte auf ihn zu. Abrupt blieb er stehen. Er hob den Blick. Der Platz war übersät mit den Zetteln. Karl sammelte verzweifelt einige der Blätter ein.

„Spar dir die Mühe!", rief Maike in die morgendliche Stille.

Karl drehte sich ungeschickt um. „Warst du das?"

„Die Frage muss ich stellen!" Maike griff nach dem Gewehr unter ihrem Mantel.

„Hast du meine Tochter misshandelt?" schrie sie ihm voller Hass entgegen. „Aber wieso frage ich eigentlich? Nur einer droht mir seit Jahren, mich fertig machen zu wollen."

Entschlossen ging sie auf Karl zu. Dieser taumelte rückwärts, stolperte und fiel zu Boden.

„Nie hast du es ertragen können, unter der Leitung einer Frau zu arbeiten. Hast mich über Jahre hinweg schikaniert." Sie spuckte neben ihn auf den Boden. „Als einzigen Ausweg vergehst du dich an meiner zehnjährigen Tochter! Einem Kind!" Maike schrie voller Abscheu. So kannte sie sich selbst nicht.

Einige Passanten beobachteten das Schauspiel in der fortschreitenden Morgendämmerung.

Karl blickte sich verzweifelt um. „Hilfe, die Frau ist irre!"

Maike nahm ein Flugblatt vom Boden und hielt es hoch.

„Hier steht es! Vergehst dich an Kindern!"

Ihr Atem ging schnell. Johann hatte sich mit Karls Portrait selbst übertroffen.

„Der widerliche Geruch deiner Seife klebt an der Haut meiner unschuldigen Tochter. Du elendiges Dreckschwein!"

Maike griff zur Waffe. Karl kroch schutzlos über den kalten Asphalt. Aus der Ferne hallte die Polizeisirene.

„Ich würde so gerne abdrücken, weißt du das? Aber ich bin nicht wie du." Maike senkte das Gewehr. „Du bist es nicht wert." Sie funkelte Karl an.

Was ist nur aus uns geworden? Was hat der Krieg mit uns gemacht? Maike ließ das Gewehr fallen. Wie eine schwere Last, die sie nicht mehr tragen konnte.

Das Polizeiauto kam mit quietschenden Reifen zum Stehen.

„Bitte, Sie können ihn mitnehmen." Maike blickte in Karls Richtung und gab der Polizei den Weg frei. Sie hatte kaum noch Energie im Körper.

Während Karl Huber von der Polizei abgeführt wurde, holte Maike tief Luft. Sie stützte sich auf den Beinen ab, versuchte sich zu beruhigen. Zwei Passanten boten an, sie nach Hause zu begleiten. Sie bedankte sich und verließ langsam den Platz.

Es wurde höchste Zeit, dass sich in diesem Land etwas ändert. Frauen dürfen sich nicht alles gefallen lassen. Wir haben auch eine Stimme, müssen gehört und ernst genommen werden. Sie begann zu rennen. Sie wollte nur noch zu Charlotte. Ihr kleines Mädchen fest in die Arme nehmen. Es würde lange dauern, bis sie wieder das unbeschwerte Mädchen würde, vielleicht würde sie dieses auch nie mehr werden. Ich werde alles tun, was in meiner Macht liegt, um Charlotte zu helfen.

Ein Jahr später hatte Maike, gemeinsam mit zwei weiteren Müttern und einem ehemaligen Soldaten, einen Kurs entwickelt, in dem Mädchen die wichtigsten Techniken der Selbstverteidigung lernten. In ihrer Zeitung wurden regelmäßig Kolumnen von Frauen gedruckt und ihr regelrecht aus den Händen gerissen. Karl Huber saß währenddessen seine Haftstrafe im Berliner Gefängnis ab.

KÜSTENSCHATTEN

Die Abendsonne tauchte die Landschaft in ein warmes Licht. Es entstand ein goldener Kranz über dem Berg, an dessen Hang sich einige Häuser schmiegten. Iva lenkte den alten Transporter ihres Opas den unbefestigten Weg zum Haus ihrer Familie. Sie hatte eine Arbeit bei einem Obstbauern gefunden. Die Tage waren lang und anstrengend, aber das Geld reichte für ihre Mutter und ihre Schwester.

Iva parkte das Auto vor ihrem Elternhaus. Der Schornstein muss dringend vor dem Winter erneuert werden, dachte sie. Ich werde Marko darum bitten. Marko war ein alter Freund ihres Vaters. Die beiden Männer kannten sich seit ihrer Kindheit. Bevor Ivas Vater kurz nach der Geburt ihrer kleinen Schwester Lejla starb, bat er Marko auf seine Frauen Acht zu geben. Und das tat er.

Iva setzte sich auf die trockene Wiese vor dem Haus. Sie sog die abendliche Sommerluft ein. Das Meer lag ruhig vor ihr. Ein Vogel glitt lautlos über sie hinweg und warf einen zarten Schatten. Leise drang Lejlas Stimme zu ihr. Wahrscheinlich tanzt sie gerade durch ihr Zimmer, obwohl sie längst schlafen sollte. Iva lächelte in sich hinein. Sie stand auf, klopfte die vertrocknete Erde von ihren Shorts und leckte die salzige Meeresluft von ihren Lippen.

Iva fand ihre Mutter in der Küche. Sie bewegte in monotonen Bewegungen einen Holzlöffel durch einen alten Kochtopf.

„Guten Abend Majka." Sie gab ihr einen Kuss auf die Stirn. Nach dem Tod ihres Vaters hatte sie förmlich dabei zusehen können, wie ihre Mutter in sich zusammensank. Ihre Majka, so wie sie ihre Mutter liebevoll mit der kroatischen Bedeutung für Mutter häufig ansprach, war immer eine herzliche und fröhliche Frau gewesen. Mit dem Verlust ihres besten Freundes, wie sie ihn immer bezeichnet hatte, war auch ein Teil in ihr gegangen. Es schmerzte Iva jeden Tag ihre Majka so zu sehen.

„Ich lese Lejla vor dem Essen noch etwas vor", sagte Iva und ging die schmale Holztreppe ins obere Stockwerk hinauf. Die Tür zum Zimmer ihrer kleinen Schwester war angelehnt. Sobald sie den Raum betrat, tauchte sie in warmes Abendlicht ein. Selbstgemalte Bilder und von der Sonne ausgeblichene Fotografien hingen an der Wand.

„Da bist du ja endlich! Ich dachte schon, dass du mir heute nichts mehr vorlesen kannst." Lejla sprang in ihrem Nachthemd auf ihre große Schwester zu und ließ sich von ihr durch die Luft wirbeln.

„Na, wie war es heute in der Schule?", fragte Iva lachend, als sie Lejla wieder auf dem Bett absetzte.

„Wir haben heute eine neue Geschichte angefangen. Frau Novak hat uns allen gesagt, dass wir gut zuhören sollen. Wir schreiben sogar einen Test mit richtigen Noten."

Lejla sprang aufgeregt auf ihrer Matratze und ließ sich auf den Hintern plumpsen. Der alte Teddybär Jakov purzelte dabei auf den Rücken.

„Und worum geht es in der Geschichte?", fragte Iva, während sie die wilden Locken ihrer Schwester hinters Ohr strich.

„Es geht um die Freundschaft zwischen einem Vogel und einem Hasen. Die spielen Fangen und Verstecken miteinander, obwohl der eine im Himmel ist und der andere auf der Erde." Lejlas haselnussbraune Augen schauten Iva neugierig an.

„Und wie genau machen die beiden das? Fliegt der Vogel tief und springt der Hase hoch?"

Lejla ließ sich kichernd in ihr Kissen fallen. „Nein", lachte sie. „Wenn der Vogel fliegt, wirft er einen Schatten. Und so können sie auf der Erde zusammen sein und spielen. Auch wenn sie nie wirklich zusammen sind."

Die sich allmählich senkende Sonne stand schräg in Lejlas Kinderzimmer. Das eingerahmte Familienfoto warf einen langen Schatten vom Fensterbrett über das schmale Kinderbett.

„Das klingt richtig schön. Soll ich dir daraus noch etwas vorlesen?" Iva hatte sich bereits das abgegriffene Schulbuch zur Hand genommen und schlug es an der markierten Stelle auf.

Iva las bis der letzte goldene Lichtstrahl der Dämmerung gewichen war. Lejlas Augen waren schon lange geschlossen. Sie hielt Jakov fest im Arm.

„Träum schön, mein Engel!" Sie strich ihrer Schwester sanft über die Wange.

Die Tage begannen früh, weit vor Sonnenaufgang. Seit Kriegsende widmete sich Iva den Aufräumarbeiten ums Haus herum, bevor sie zur Obstplantage fuhr. Dieser schreckliche Krieg hatte auch einen Teil ihres Grundstücks zerstört.

Iva hatte vor Monaten damit begonnen, den Krater einer gesprengten Mine zu schließen. Sie wollte dort Orangenbäume anpflanzen. Lejla liebte Orangen und ihren frischgepressten Saft.

Die ersten Sonnenstrahlen des Tages erwärmten Ivas Haut. Sie wandte ihr Gesicht dem Licht entgegen. Die aufgehende Sonne warf die ersten Schatten auf die Erde. Ein Spaten stand senkrecht im Boden und zeigte mit seinem Schatten auf die Stelle, wo sie demnächst die Orangenbäume pflanzen wollte.

„Lejla wird es lieben!", flüsterte sie in die Morgenstille.

„Was werde ich lieben?" Lejlas helle Stimme durchbrach die Ruhe. Noch bevor sie ihre Schwester sah, flitzte ihr Schatten auf Iva zu.

„Das verrate ich dir nicht. Es soll eine Überraschung sein." Iva nahm Lejla auf den Arm.

„Darf Jakov es denn wissen?"

Der alte Teddybär schaute Iva schräg an. Sein linkes Auge hing nur noch an einem Faden. Natürlich konnte sie es ihm nicht ausschlagen. Er war der freundlichste Bär, den sie kannte.

„Na gut. Aber du darfst ihr nichts sagen, Jakov. Abgemacht? Auch nicht, wenn sie dich durchkitzelt."

Iva flüsterte Jakov etwas unverständlich in sein abgewetztes Ohr. Lejla kringelte sich vor Lachen.

„Los, ab mit dir! Frühstück, Zähne putzen und dann geht's in die Schule!" Iva gab Lejla einen Kuss auf die Stirn und setzte sie am Boden ab. Mit Jakov an der Hand hüpfte sie ins Haus zurück. Jakovs Schatten verschwand langsam hinter der Hauswand.

„Guten Morgen Majka. Konntest du besser schlafen?" Iva setzte sich neben ihre Mutter. Nahm einen Becher Kaffee entgegen und schaute durch den dunklen Raum. Es schien, als ob das Sonnenlicht die Stimmung in diesem Raum nicht durchbrechen konnte.

„Es ging so." Majka trank einen Schluck Kaffee. „Fährst du später wieder zu Markos Strandbude?"

Stumm nickte Iva. Schaute ihre Mutter dabei nicht an.

Oben hörte sie Lejla über die Dielen tänzeln. Mit ihrem Erscheinen flog ein sanfter Sonnenstrahl durch die triste Küche und zog einen Funken Licht mit sich. Lejla winkte ihrer Mutter kurz zu und sauste mit Jakov hinaus.

„Bis später. Ich hab dich lieb." Iva strich ihrer Majka über den Rücken. Draußen empfing sie sommerliche Meeresluft.

„Los geht's! Heute Nachmittag hole ich dich von der Schule ab. Ich muss heute nicht so lange arbeiten. Dann machen wir was Schönes." Iva hatte den Motor gestartet.

„Au ja!", rief Lejla. Jakov saß zufrieden auf ihrem Schoß.

Die Sonne glitzerte auf dem Meer. Iva lenkte den alten Transporter die Küstenstraße entlang. Sie ließ die

Fensterscheibe hinunter, schaltete das Autoradio ein und genoss den Fahrtwind auf ihrer sonnengebräunten Haut.

„Sollen wir gleich an der Strandbude anhalten und ich spendiere uns einen frisch gepressten Orangensaft?" Iva hielt den Blick auf die Straße gerichtet und wartete die Antwort ihrer kleinen Schwester ab.

„Oh ja!", freute sich Lejla. „Jakov möchte auch einen Saft." Sie streckte ihre Kinderarme in die Luft und ließ den zerzausten Teddybär im Takt der Musik hin und her wippen.

„Natürlich, wie konnte ich nur Jakov vergessen." Iva zwinkerte ihrer Schwester von der Seite zu.

Es war ein neues Ritual geworden, seitdem Iva den Führerschein hatte. Um den Start ins Wochenende zu feiern, fuhr sie mit Lejla die Küste entlang. Ihr Ziel war stets eine der Strandbuden. Bisher lockten sie nur wenige Touristen an. Die Augustsonne brannte. Iva nahm ihren Unterarm vom offenen Fenster herunter.

„Habt ihr in der Schule über die Geschichte von dem Vogel und dem Hasen gesprochen?", fragte Iva.

Sofort plapperte Lejla drauf los, ohne Luft zu holen. Frau Novak hatte viele Fragen gestellt. Lejla wusste alle Antworten, denn sie liebte Geschichten. Sie hörte aufmerksam zu. Der Junge in der Reihe hinter ihr hatte sie heute wieder mit kleinen Papierkugeln beworfen. Er wurde oft neidisch, weil sie immer alles wusste.

„Weißt du, das macht mir nichts aus. Frau Novak hat mich gelobt und mir einen Aufkleber für mein Heft gegeben. Ich habe die zweite Seite nun fast voll!"

Iva hörte den Stolz ihrer kleinen Schwester. Sie konnte Lejla den ganzen Tag zuhören. Die kindliche Neugier auf das Leben war für Iva die tägliche

Motivation seit dem Krieg gewesen. Nur mit ihr hatte sie die Kraft morgens aufzustehen.

„Iva, wir sind gleich da. Du musst blinken!" Lejla hüpfte aufgeregt auf dem Beifahrersitz. Der Teddy Jakov wurde vor Freude durchgeschüttelt.

Jedes Mal tat Iva so, als ob sie die Abfahrt verpassen würde. Nur um das quietschende Lachen zu hören.

Der verrostete Transporter holperte über den unbefestigten Weg. Er führte zu einer kleinen Hütte mit einem Strohdach. Iva erkannte Marko unter dem Vordach. Kaum sichtbar nickte er ihr zu.

„Juhu, wir sind da!" Noch bevor die Motorengeräusche verstummten, flitzte Lejla los. Ihr Schatten huschte hinterher und verschwand auf dem staubigen Weg in der senkrecht stehenden Sonne.

Iva griff nach Jakov. Er lag noch auf dem Beifahrersitz. Der alte Teddybär fühlte sich plötzlich kratzig an. Der Stoff war an einigen Stellen schon recht abgenutzt und verschlissen. Lejla machte keinen Schritt ohne ihren geliebten Jakov. Warum hatte sie ihn zurückgelassen? Ihren treuen Begleiter. Wo ist sie hin?

Iva stieg aus dem Auto aus, umklammerte Jakov und schlenderte auf die Strandbude zu.

„Hallo Iva." Marko lächelte sie an. „Wie geht's?"

„Wunderbar." Iva trat näher an die selbstgebaute Holztheke heran.

„Möchtest du einen Saft?"

„Ich nehme zwei."

Marko machte sich an der Saftpresse zu schaffen. „Wann hörst du endlich damit auf?" Sein besorgter Blick entging Iva nicht.

„Ich nehme zwei Säfte. Bringst du sie uns raus?" Iva hatte ihre Schultern gestrafft. Sie zeigte auf einen großen Stein. Von dort konnte man die herrliche Aussicht auf die kroatische Küste genießen.

Das war der Lieblingsplatz ihrer Schwester. Sie setzte sich und hörte Lejla singen. Ein kroatisches Kinderlied, das ihre Mutter ihnen beiden während des Krieges oft vorgesungen hatte. Noch heute hatte es etwas Tröstliches aber auch etwas Bedrohliches. Ivas Magen zog sich zusammen. Dieses verdammte Lied. Schon musste sie die kleine Träne wegblinzeln, die sich auf den Weg machen wollte. Iva liebte und hasste dieses Lied zugleich.

Marko setzte sich mit zwei Bechern Orangensaft neben sie.

„Iva, du musst sie loslassen." Seine Stimme war ruhig.

„Ich kann nicht." Ivas Stimmte bebte. Ihr Atem wurde schnell. Mit verkrampften Fingern krallte sie sich an Jakov fest. Sein linkes Auge schaute sie plötzlich nicht mehr freundlich an. Wirkte trostlos. Es drohte sich jeden Moment vom einzig noch verbliebenen Faden zu lösen.

Lejlas Stimme wurde leiser. Der Wind trug sie. Ihr Lachen wehte durch die Luft. Ihr Schatten wurde schwächer.

„Warum?" Iva kämpfte gegen die aufsteigenden Tränen. „Warum sie? Warum bin ich nicht mit ihr hierhergekommen? So wie sie es sich gewünscht hatte. Warum habe ich sie in den Garten geschickt?"

Marko schloss Iva in seine väterliche Umarmung und wog sie sanft im Rhythmus des Windes.

„Mutter hasst mich." Iva schaute hinaus aufs Meer. Ein Segelboot war in der Ferne zu sehen. Lejla hatte sich immer vorgestellt, wer gerade auf dem Boot sei. Mit nicht enden wollender kindlicher Fantasie hatte sie stets eine andere Rolle in dem Spiel übernommen. Iva hatte sich angepasst, denn sie liebte dieses Spiel mit ihrer Schwester.

„Deine Mutter ist krank. Aber sie liebt dich. Du bist alles, was sie noch hat." Markos sonnengebräunter Arm ruhte auf Ivas Schulter. „Du konntest nicht wissen, dass am Rande eures Gartens eine Mine lag. Es war ein Unfall. Ein tragischer Unfall. Nicht deine Schuld."

„Ich hätte aufpassen müssen!", schrie Iva. „Majka hat sie mir anvertraut. Es war meine verdammte Aufgabe, auf sie aufzupassen!"

Iva schluchzte. Ihre Brust hob und senkte sich. Sie presste Jakov an sich und hörte das Lachen ihrer kleinen Schwester. „Bitte verzeih mir mein Engel, dass ich dich nicht beschützt habe. Verzeih mir!"

Der aufkommende Wind blies das Segelboot in Richtung der untergehenden Sonne. Mit dem goldenen Abendlicht verschwand der Schatten. Für diesen Tag. Auch Lejlas Stimme wurde vom Wind davongetragen.

Ein Jahr später betrachtete Iva zufrieden ihre Arbeit. Zwei Orangenbäume standen am Rande des Gartens. Die grünen Blätter bewegten sich im Wind. Die ersten reifen Früchte warteten darauf geerntet zu werden.

„Das hast du wirklich toll gemacht." Marko bestaunte Ivas Werk. Sie war die Tochter, die er nie hatte. „Ich bin stolz auf dich."

„Danke." Iva ließ sich bereitwillig umarmen.

„Ich weiß, dass Lejla und dein Vater sich gerade mit dir freuen."

Einen ruhigen Moment standen Iva und Marko Arm in Arm vor den Orangenbäumen.

„Habt ihr Hunger?", rief Majka aus dem Küchenfenster.

Man merkte ihr an, dass sie nicht mehr wie früher war. Es war einfach zu viel passiert.

Jakov saß auf dem Fensterbrett, mit Blick in Richtung der Orangenbäume. Majka hatte sein linkes Auge festgenäht.

Iva war glücklich. Seit langem spürte sie ein Gefühl, von dem sie geglaubt hatte, es nie wieder fühlen zu können – Hoffnung.

- Für alle Menschen, die aus ihrer Heimat flüchten
mussten, niemals in ihr Zuhause umkehren konnten
oder ihr Leben verloren haben –

DANKSAGUNG

Mein erster Dank gilt Ihnen liebe Leserinnen und Leser. Ich freue mich, dass Sie sich für meine *Vielfalt* entschieden haben. Ich hoffe, dass ich Sie auf dieser bunten Reise begeistert konnte und damit Ihr Interesse für weitere Bücher von mir geweckt habe.

Danken möchte ich meiner Freundin und Schriftsteller-Kollegin Ana Bodega, die mir im Sommer 2020 nach dem ersten Lockdown den Tipp eines Schreibkurses gab. Mit den ersten Kurzgeschichten wurde meine Freude am Schreiben weiter vergrößert. Ich freue mich auf weiterhin kreativen Austausch mit dir und weiß deine unverblümt ehrliche Kritik sehr zu schätzen.

Danke an meinen Bruder. Du glaubst immer an deine kleine Schwester und hast mir mit deiner ersten Reaktion auf einen meiner Texte das Gefühl gegeben, etwas Tolles geschafft zu haben.

Danke an meine Eltern. Die Liste wofür ich euch danke ist unendlich! Dank euch und dem, was ihr für mich getan habt, kann ich mich so entfalten, wie ich es möchte. Euch habe ich die sichere Verwurzelung zu verdanken, die mich in allen Lebenslagen hält. Zu wissen, dass ihr mir immer den Rücken stärkt, lässt mich leichter durchs Leben gehen. Von euch habe ich den Ehrgeiz, die Empathie und das Gespür für die Dinge im Leben, die wichtig sind, gelernt.

Mein besonderer Dank gilt meinem Mann. Du ermutigst mich stets mich weiterzuentwickeln und hast mich bei der Erstellung dieses Buches sehr unterstützt. Ohne dich würde ich mit Sicherheit heute noch an der Formatierung verzweifeln. Danke für dein regelmäßiges mich Antreiben, dein Zuhören und mich in den Arm nehmen, wenn ich es brauche.

Danke euch allen für euer Vertrauen, euren Rückhalt und eure Liebe.

Cristina Carbonero im Oktober 2022

ÜBER DIE AUTORIN

Cristina Carbonero, Jahrgang 1985, selbst begeisterte Leserin von historischen Romanen und jenen, die das Herz berühren, entdeckte jüngst ihre Leidenschaft für die Schriftstellerei. Sie hat ein Faible für Yoga, Wandern und das Reisen, insbesondere fernere Gefilde – und sie liebt die Vielfalt des Lebens. Ihre Inspiration bekommt sie aus dem täglichen Leben, den fernen Orten, die sie entdeckt und dem Umgang mit Menschen.

Die Autorin lebt mit ihrem Ehemann in Düsseldorf.